吸血鬼は泉のごとく

赤川次郎

集英社文庫

イラストレーション／ホラグチカヨ
目次デザイン／川谷デザイン

吸血鬼は泉のごとく

CONTENTS

吸血鬼は泉のごとく

吸血鬼は泉のごとく

愛の泉

「ねえ、いいじゃないか……」

「しつこいわね！」

「ケチケチしなくたって……。へるもんじゃあるまいし」

「いやったら、いやなの！」

これだけの会話でも充分《じゆうぶん》に状況は明らかだろう。

要するに若いアベックふたり――失礼、男のほうはいい加減《かげん》中年だった。ふたりして食事をし、アルコールも多少入って、さて男のほうは当然のごとく下心《したごころ》があり、この近くのホテルへ、彼女を引っ張り込もうとしているわけである。

一方、女性のほうは、まるでそんなことを考えてもいなかった……のかというと、そうでもなかったのだが、ともかく男のほうがへべれけに酔っ払ってしまって、およそムードも何もない。

すっかりいや気がさしてしまったのである。

男のほうは、彼女をここへ引っ張ってくるまでにだいぶ投資しているから、

「逃がしちゃ、丸損《まるぞん》だ」

というわけで、しつこく絡《から》む。

それで、ますます嫌われてしまうというわけである。

「おい、アキ子ちゃん……」

と、肩を抱こうとして、いきなりひっぱたかれた。

「何すんだよ！」

「私はね、アキ子ちゃんじゃないわよ！」

「――いけね、間違えた」

「馬鹿にしないで！」

これじゃ、逃げられて当然だろう。

こうなったら、早いところ諦《あきら》めて、いさぎよくタクシーにでも乗せて帰したほうが、まだ印象が良くなるのに、そこがアルコールのせいで、分からなくなっている。

ま、だいたい男ってのは、うぬぼれの強いものである。「いや」と言われても、強引《ごういん》に誘えば、何とかなる、とか思っている単純な手合いが多い。

ともかく、サッと男の手を振り払って歩きだした彼女を、またしつこく、

「ねえ、ちょっと――謝るから、怒るなよ」

と、よたよたした足取りで追いかける。

最悪のパターンである。

「ちくしょう！　待てよ！　おい、高い晩飯《ばんめし》を食わせてやったじゃねえか！」

ますます馬鹿である。

「ああそう！　それなら返すわよ！　——ほら！」

彼女のほうが、ハンドバッグを開けると財布《さいふ》を取り出し、一万円札を一枚、ポンと放り投げた。

「誰があんたなんかに、おごってもらうもんですか！」

彼女は、カンカンに怒って、走るより速いかと思えるほどの足取りで、歩いていってしまった……。

「——ちぇっ」

と、こりない男のほうは舌《した》打ちすると、

「女ってのは勝手だな」

どっちが勝手だか……。

だいたい、どこだ、ここ？

彼女を追い回してるうちに、変なわき道へ入ってきていた。暗いのは当然として——もう夜中だ——街灯《がいとう》もろくにないので、どんな所か、見当がつかない。

しかしまあ……。道はどこかへ続いてるんだからな、と、この男にしてはまともなことを考えて、歩きだしたが――。

「そうだ」

一万円札。――彼女がそのへんに投げ出して行ったな。もったいない！　拾っていこう。――みっともない？　そんなことあるもんか。どこにあったもんでも、金は金さ……。

しかし、足元は暗くて、よく分からない。すると、月が雲間に覗《のぞ》いたのか、少しほの白い光が、辺りを照らし出したのだ。

一万円札が見えた。それは水に浮かんでいる。

「何だ。水たまりか」

と、男は呟《つぶや》いた。

雨も降ってないのに。――水道管でも洩《も》れてるのかな。

手をのばしても、一万円札までは届かない。男は仕方なく、水たまりの中へ、足を踏み入れた。

「ワァッ！」

男が叫ぶ。――ズボッと足を踏み込んだ所には、地面がなかったのだ。

男の体は、胸まで水につかっていた。

何だ、これは？　こんな所に池が？

男は這《は》い出ようとして、ギョッとした。足が、何も踏んでいないのだ。柔らかい泥のようなものの中に、包まれているだけなのである。

動くと、ズブズブとめり込んでいく。水面が、じりじりと上がってきていた。

「何だ……。こんな馬鹿な！」

町の真ん中に底なし沼があるなんて！　そんなことがあるか！

しかし、水は男の肩口まで上がってきていた。——酔いはすっかりさめている。

「助けてくれ！」

男は叫んだ。

「誰か来てくれ！　助けて！」

恐怖で、顔が引きつった。沈んじまう！　このままじゃ——。

「おい！　誰か来て——」

まるで何かを踏み抜いたかのように、男の頭は、スッと水の下へ消えた。

泡が、ひとつ、ふたつ、浮かんで消えたが、それきりだった。

——少しして、足音が近づいてきた。

さっき、怒《お》って行ってしまった「彼女」である。

お金が惜しくて戻ってきたわけではなかった。

何といっても、中年の「彼」は、会社の上役だったのだ。あんまりそっけなくして、会社で意地悪されても——と、思ったのである。

「——何だか声がしたみたいだったけど」

と、呟いて、周囲を見回したが、誰もいない。

「帰っちゃったのかしら」

それならそれで仕方ない、と肩をすくめると、歩きだそうとして——。

「あ、お金」

さっき放り投げた一万円札が落ちている。

さすがに、これを拾ってはいかなかったらしい。

彼女は、一万円札を拾いあげると、しっかり財布へ戻し、足早にその場を立ち去ったのだった……。


「ねえ、TV《テレビ》でやってたの、見た?」

と、顔を見るなり、大月《おおつき》千代子《ちよこ》が言った。

「例の〈愛の泉〉のこと?」

とエリカは、訊《き》き返す。

「えーっ、どうして分かったの?」

「長い付き合いだよ。それぐらい見当がつくって」

いくら神代《かみしろ》エリカが、吸血族の血を引いていて、多少、人間離れしたところがあるとしても、人の心の中までは読めないのである。

「じゃ、私の考えてることは見当がつく？」

と、もうひとり、一緒にいる橋口《はしぐち》みどりが口を挟《はさ》んだ。

もちろん、読者もご承知の通り（と書いて手を抜く）、大月千代子、橋口みどりに神代エリカを加えた三人組は、全員N大学の二年生。

高校時代からの三人組だから、それこそツーカーの間柄《あいだがら》である。

「みどりの考えてることなら、私だって見当つくわよ」

と千代子が言った。

「へえ。どうせ、何か食べたい、ってことだと思ってんでしょ」

「そうじゃないの？」

「そうよ」

千代子とエリカは危《あや》うくひっくり返るところだった。

しかしまあ――本当に三人して大学の帰り道、行きつけの（？）フルーツパーラーへ寄ってしまったのだから、たいしたもんではある……。

「ね、見に行こうか」

と、千代子が唐突《とうとつ》に言った。

甘いものを食べても太らない、ノッポの千代子ではあるが、このところ、ますますよく食べ、かつ太らないという状態が続いているのだ。

それというのも、千代子に恋人ができたからなのである。――恋人ができるとどうして太らないか、って？　そんなことは知らない。

「いつ？」

「これから」

「物好きねえ、千代子も」

と、エリカは苦笑いした。

話の間《ま》が空いても、平気でパッと続けられるというのが、エリカたちの世代の特技のひとつである。

「だって、早く見ないと話題に遅れる！」

と、千代子は言った。

「千代子もすっかりミーハーになって」

と、エリカがからかって、

「恋人ができるとこうも変わるか」

「何とでも言え」

と、千代子は涼しい顔。

「恋人がいない人って、可哀《かわい》そうね」

——ま、この三人には勝手にやらせておくことにしよう。

ところで、千代子が「見に行こう」と騒いでいる〈愛の泉〉というのは……。

いや、これは実物を見ていただいたほうが早いかもしれない。エリカたちも、千代子の誘いにのって（もともとのりやすい体質ではあるのだ）、見物に行くつもりになったようだ。

三人は、支払いの際、少々もめて——といっても、もちろん払いは各自持ち。ただ、人の分を少しつまんだのをどうするか、というので、少々もめていたのである。

しかしともかく——やれやれ！　やっと〈愛の泉〉に向かって出発したのだった。

「——凄《すご》い！」

三人の誰がこう言ったかは定かでない。ともかく、凄かったのである。

——町の真ん中に、突然泉が湧《わ》き出した。

これがことの起こりである。

ちょうど広場になった所だったので、そう被害はなかったのだが、近所の人は、てっきり水道管の破裂だと思った。

ところが、水道局が駆《か》けつけても、水道管は異状なし。水を調べると、水道水ではないことが分かった。

地下水が湧き出したもの、と見られていたが、それにしては水の成分が違うというので、学者は首をかしげたのである。

ともかく――たまたまこの新しい池の前に住んでいたおじさんが、なかなか商売人だった。

タダのものはおおいに利用しようというので、この池を石で囲って、〈愛の泉〉と名づけ、取材に来たTV局に宣伝したのだ。

これが効《き》いて――いや、少々効きすぎたのかもしれない。

エリカたちは、人また人で、ちっとも池が見えないので、びっくりした。いや、池でなく、〈泉〉と呼ばなくてはならないらしいが。

それにしても、〈愛の泉〉という派手な看板にはネオンさえ取り付けられて、夜には華やかに点滅《てんめつ》しそうだ。そしてその周囲には、縁日《えんにち》よろしく、ホットドッグだの、ハンバーガーの出店、そしてアクセサリー類のワゴンまで並んで、

「〈愛の泉〉の記念メダルはこちら！」

「〈愛の泉ペンダント〉に名前を入れてます！」

と、叫び声が飛び交っているのだ。

そして、何だかキラキラ光る物が、宙を飛んでいる。

「——お金よ」

と、みどりが呆《あき》れて、

「もったいない！」

「トレビの泉じゃあるまいし……」

エリカは、苦笑いした。

「拾いに行こうか」

と、みどりが言った。

「よしなよ」

「冗談よ」

「ともかく、泉を見よう」

と、千代子が主張した。

「せっかく来たんじゃないの！」

三人は、それもそうだ、というわけで、覚悟を決めて、人垣《ひとがき》を突破することにした。

こういう時は、みどりの力が役に立つ。その後についていくと、千代子もエリカも楽なのである。

「ちょっと——ちょっとすみません！」

みどりが、声と体の迫力で、やっと人垣を突破する。

それは世にも——美しくも何ともない、普通の池だった。

「へえ。結構深そうよ」

と、みどりが覗き込む。

「底が見えないや」

「冷たい？」

と、千代子が手をのばして、水に触れようとすると……。

「だめ！」

エリカが突然、凄い力で千代子を引き戻したので、千代子はひっくり返ってしまった。

「エリカ！　何すんのよ！」

「退《さ》がって！　みどりも！」

エリカは青ざめていた。——真剣そのものだ。

「ど、どうしたのよ」

と、みどりが面食らって、

「やけどでもするの？」

「それぐらいじゃすまないかもしれないわ」

と、エリカは言った。

「何のこと？」

「――この中に、何かいるわ」

「何がいるの？」

と、千代子が目をパチクリさせる。

「分からないけど……。ともかく、何か悪いものを感じるの」

「ジョーズでもワッと出てくるのかしら」

「泉にサメがいる？」

みどりと千代子は呑気《のんき》なやりとりをしているが、エリカが、ちょっと特殊な能力を持っていることは、このふたりも承知しているから、言われた通りに、泉から離れた。

――まともじゃない、とエリカは思った。

表面の辺りだけ見ると、水は澄んでいるのに、底は真っ暗で、何も見えないのだ。

その黒い闇《やみ》に、エリカは何ともいえない「悪意」のようなものを感じたのだ。

泉に「悪意」があるなんて、聞いたこともないが、しかし、エリカは自分の直感を信じることにした。

ワイワイやりながら、泉を取り囲んでいる見物人たち――大部分はエリカたちより若いぐらいの、アベックである――に向かって、

「皆さん！」

と、エリカは声を張り上げた。

「この泉に、あまり近づかないように！　危険です！」

みんながざわつく。——何の話？　何なの、あの人、といった声がそこここで上がった。

「水に手を入れたりしてはいけません！　危険ですよ！」

エリカが叫んでいると、

「——ちょっと、君」

と、肩を叩《たた》く者がある。

「はあ」

振り向くと、頭のだいぶ禿《は》げたおっさんで、

「何をわめいてるんだい？」

「警告してるんです。この泉に近づくと危ないって」

「どうして危ないんだ？」

「何となくです。危険を感じるんです」

「いいかね——」

そのおっさんは腰に手を当てて、エリカをにらむと、

「こっちの商売の邪魔《じゃま》をしないでくれないかね。そんないい加減なことを言って」

「私は、何も——」

「なるほど」

と、おっさんは勝手に納得したらしく、

「そうか、うちが稼《かせ》いでるんで、ねたんだ奴《やつ》が君に頼んだんだな？　いくらもらってきたんだね？」

エリカはムカッとした。いつもなら、こんなおっさん、この泉の中へでも叩き込んでやるのだが……。

しかし、今度ばかりはそうもいかない。

「申し上げときますけど、私、別に誰に頼まれたわけでもありません」

と、エリカは言い返した。

「今日は帰ります。でも、この泉の周囲、柵《さく》を作って近寄れないようにしたほうがいいですよ」

「大きなお世話だよ！　とっとと消えろ！」

と、おっさんは、頭から湯気を立てかねない勢いで、怒っている。

エリカは肩をすくめて、

「千代子、みどり、行こう」

と、促《うなが》した。

人垣を分けて、その外へ出ると、エリカは不安げに振り返った。

「──何なの、エリカ、危ないことって？」

と、千代子が訊く。

「私にもよく分からないわ……。でも、あれが〈愛の泉〉なんかでないことは確かね」

エリカたちが歩きだすと、

「あの……」

と、おずおずと声をかけてきた若い女性。

「私たちですか？」

「今の話、聞いたわ」

と、ＯＬらしい感じの、その女性は言った。

「危険な泉だって……本当なの？」

「私の、ただの直感みたいなもんです。でも、どうして？」

「私の知ってる人がね、この辺りで姿を消してしまったのよ」

「消えた？」

「そう。強盗にあったとか、そんなことなら、何か見つかるでしょう。たとえ殺されてたとしたら、死体でも。──だけど、その人は消えたきり。何の手がかりもないの」

聞いていた千代子が、

「蒸発とか、そんなことじゃないんですか」

と、口を挟《はさ》んだ。

「その人——私の上役だったんだけど……。でも、恋人でもあったの。分かるでしょ?」

「不倫のオフィスラブ!」

と、みどりが嬉《うれ》しそうに(?)声を上げ、エリカにつつかれた。

「詳しいお話を聞かせていただけませんか」

と、エリカは言った。

「私、神代エリカといいます」

「よろしく」

と、その女性は、微笑《ほほえ》んだ。

「私、秋川明美《あきかわあけみ》よ」

水の底から

「ああ、よしよし」

と、吸血鬼は言った。

——もちろんこれは誤植《ごしょく》などではない。

おなじみ、正統吸血族の名門（？）フォン・クロロックが後妻涼子《りょうこ》との間に生まれた一子、虎ノ介《とらのすけ》を抱っこしている図である。

この光景も、だいぶ読者にはおなじみになってきたと思われるが、今のところ、作者あてに吸血鬼から抗議もないので、安心してお見せすることにしよう。

「お母さん、どこに行ったの？」

と、エリカは虎ちゃん用の離乳食《りにゅうしょく》をあたためながら言った。

もっとも、やはり吸血族の血を引いているせいか、虎ノ介、歯のほうはしっかり発達していて、面白半分によくクロロックのトレードマークたるマントの裾《すそ》をかじっているくらいだから、何を食べさせたっていいようなものだが、そこは涼子も若い母親（エリカよりひとつ年下なのだ！）。

育児書の通りにしないと、赤ん坊は成長しないと信じている節《ふし》がある。

「何だか、踊りに行っとる」

と、クロロックが言った。

「踊りに？　ディスコとか――」

「何だか知らん。ロックとか何かは分からんからな。私にはワルツが一番だ」

「古いのねえ」

「しかも、あんな水着を着て踊るなんて、どういうつもりか……」

と、クロロックは嘆《なげ》いている。

「水着？　――もしかしてレオタードのこと？」

「何というのか、よく知らんが、昔の水着のほうが、スカートもついていて、優雅だったぞ」

「じゃ、エアロビクスとか、そんなのに行ってるのよ。美容のためじゃない。お父さんのために、いつもスマートで美しく、と心がけてるのよ」

「そうか！　そう考えればいいのか」

とたんにクロロック、コロッと変わって、

「うん、さすがは可愛《かわい》い女房だ！」

「勝手にやってろ」

と、エリカはため息をついた。

「それより、秋川《あきかわ》さんの話を聞いたでしょ」

「うむ。――その泉ってやつを、見てみたいものだな」

「堀井《ほりい》さん、どうなっちゃったのかしら……。心配で」

と、秋川明美《あけみ》は言った。

客の前でも、クロロックは平気で子供を抱っこしたりするのである。

ま、若い奥さんをもらったら、これくらいのことは覚悟しなくてはいけないのかもしれない。

「堀井さん、というんですか」

「堀井満《みつる》。――私のいる会社の課長なんです」

「私は社長だ」

と、クロロックが変なところで、いばっている。

「行方《ゆくえ》不明になって、何か手がかりは？」

「ありません。おうちの方も、捜索願いを出されているんですけど」

「ちょうど、あの泉が湧《わ》き出したのと、同じころなんですね」

「そうなんです。――もちろん、何の関係もないのかもしれませんけど」

と、明美は首を振った。

「お父さん、何か思いつくことってない？」

「私は何もしとらんぞ」

「何も、お父さんがやったなんて言ってないでしょ」

――インタホンが鳴った。

「何かしら？　あの音は受付の人だわ」

エリカは、急いで立って行った。

インタホンは、このマンションの受付から内線でつながっているのである。

「はい――。え？　お客？　――分かりました」

エリカは、父のほうへ、

「何だかお客さんらしいわ。ちょっと行ってくる」

と、声をかけた。

「ああ。私は虎ちゃんを――」

「分かってるわよ」

エレベーターで一階へと下りながら、

「どうして上まで上がってこないんだろ？」

と、エリカは呟《つぶや》いた。

名前を言わないというのも変だ。ちょっと用心したほうがいいかもしれない。

一階でエレベーターを降りる。――ロビーを見回したが、誰もいない。

「おかしいわね……」

エリカは、ゆっくりとロビーを横切っていった。

受付のカウンターは、もう夕方なので、係の人もいなくなっている。奥の部屋に入ってしまうのだ。

エリカは、ロビーの中をもう一度見回した。――神経を尖《とが》らす。

どこかおかしい。どこか。

目が受付のカウンターへ向く。――椅子だ。

椅子はいつもきちんと、カウンターの下へ入れてある。それが、今はずっと後ろのほうへ押しやられているのだ。

ということは……。

エリカは、カウンターのほうへと歩いていって、

「すみません、神代《かみしろ》です」

と、身を内側へのり出すようにした。

次の瞬間、パッと後ろへ飛ぶ。――一瞬の差だった。

カウンターの内側に潜り込んでいた誰かが、下からナイフを突き出したのである。

「何なの！」

と、エリカは叫んだ。

「出てきなさい！」

立ち上がったのは、普通の背広姿の男だった。しかし――何だか、異様なものを、エリカは感じた。

まともじゃない。

もちろん、ナイフで人を刺そう、ってのはだいたいまともなことじゃないが、その男は、死人みたいな、土気色《つちけいろ》の顔をして、目はどこか曇っている。

そして――なぜか、髪がびっしょりと濡れているのだ。

その男が、カウンターのわきを回って出てきた。

「誰？――どうしてそんなことするのよ！」

エリカは、男の耳に、自分の声が届いていないのだ、と思った。男は、まるでロボットみたいに、エリカのほうへ真《ま》っ直《す》ぐに進んできた……。

「仕方ないわ」

エリカは呟いた。

相手がナイフを振りかざすと、エリカの体が床に丸くなって、男のほうへと一回転した。男が前のめりにひっくり返り、立ち上がったエリカがひとけり、わき腹を一撃すると、呆気《あつけ》なくのびてしまう。
「——何てことないけど」
エリカは首を振って、ナイフを拾い上げた。
気を失っている男の上衣《うわぎ》のポケットを探ってみる。——上衣も、どことなく湿ってい
た。
財布らしいものが出てくる。開けてみて、エリカは名刺が入っているのを見つけた。
その名を見て目を丸くする……。

「——課長さん！」

と、秋川明美が、エリカにかつがれてきた男を見て、飛び上がった。

エリカは、その男をソファの上におろした。

「やっぱりね」

「どこで拾ってきたんだ？」

と、クロロックが訊《き》く。

「ロビーで。でも、様子がおかしいの」

クロロックは、虎ノ介をエリカへ押しつけると、男のほうへかがみ込み、

「——死にかけとるじゃないか！」

と、言った。

「お前、よっぽどひどくやっつけたのか？」

「失礼ねえ。私は身を守っただけ」

「じゃ、救急車を――」

と、明美が言った。

「うむ。――おい、エリカ、一一九番へかけろ。まだ深夜料金じゃあるまい」

「タクシーじゃないのよ」

エリカは、すぐに救急車を呼んだ。

「しかし……」

と、クロロックが、むずかしい顔で、

「入院させても、この男はよくならんな」

「じゃ、そんなにひどく？」

「いや、これはあんたのような方には分からんかもしれないが……。この男は、生と死の境目《さかいめ》の辺りで、いわば足止めされているのだ。――呪《のろ》い、とでも言うべきものでな。死ぬこともあるまい。しかし、その呪いのようなものがとけないことには、回復もしないだろうな」

「呪い……」

「馬鹿げてると思うかもしれんがな」

「いいえ。私、信じています。この人が急に消えたこととも関係が？」

「もちろんだ。おそらく、心の状態が弱っている時、何かの力につかまって引きずり込まれたのだろう」

明美は、ソファにぐったりと、死んだように横たわって動かない堀井の手をしっかりと握りしめて、

「――何とか助けてあげたい」

と、独《ひと》り言《ごと》のように言った。

「及ばずながら、このクロロックも力を貸そう」

「ワー」

と、虎ノ介も声を上げた。

「どうかお願いします」

と、明美が頭を下げる。

「病院へはついていかないんですか」

と、エリカが言った。

明美が立ち上がって、帰り支度を始めたからだ。

「おうちの方が――奥さんやお子さんたちがおいでですから。私は病院へは行けませ

ん」

なるほど。そうだった。

明美は、気を取り直すように息をついて、

「でも、良かった！　本当に……」

ちょっと目をうるませている。

「じゃ、私がついていきますから、ご心配なく」

「すみません。エリカさん……でしたね。どうかよろしく。堀井さんのお宅へは……」

「私、電話してあげましょうか」

「よろしく。——これ、電話番号です」

と、メモを書いてエリカへ渡すと、秋川明美は足早に出ていった。

ほとんど入れ違いに、救急車のサイレンが近づいてくる。

「——不倫の恋というのも、なかなか辛《つら》いものだな」

と、クロロックが考え深げに肯《うなず》いて、

「やっぱりやめておこう」

そうもてやしないくせに、とエリカは言ってやりたくなった……。

救急車のほうはクロロックに任《まか》せ、エリカは堀井の家へ電話をした。

しかし——。

「頭にきたわ、まったく！」

エリカは、カンカンになっていた。

エリカがこうも怒るのは、珍しいことである。——やたら怒ると、周囲に害を与えるおそれもあるのだ。

しかし、やっぱり、こりゃ怒らないわけにはいかない……。

病院へ堀井を運び込んで、エリカは家族が駆けつけてくるのを待っていた。

電話に出たのは、お手伝いさんらしくて、

「すぐに奥様に伝えます！」

と、あわてていたのだが、肝心の「奥様」が、いっこうに病院へ現れないのである。

「ちゃんと病院の名前と場所も連絡したのになあ……」

と、首をかしげつつ、秋川明美に頼まれた以上、放って帰るわけにもいかず、病院で待っている。

医者からは、「患者の体の状態とか持病《じびよう》、アレルギーは？」なんて訊かれて、答えられるわけもなく、困ってしまったり……。

運び込んだのが、もう夜もかなり遅くだったのだが、それにしても——夜中の一時、二時になっても、家族がやってこない。

いくら吸血族のエリカでも、千里眼《せんりがん》の持ち主ではないから、もしや駆けつけてくる途中で急ぐあまりに交通事故にあって一家全滅とか——あれこれ考えてしまうのである。

二時半になった。

エリカは、もう一度電話をかけてみることにした。病院の入り口の公衆電話で、

「もしもし、あの——」

「はあ」

やっと出てきた眠そうな声は、さっき出たお手伝いさんらしい。

「さっきお電話した者ですけど。病院でお待ちしてるんですが、まだこちらへ——」

「ああ、奥様のことですか」

「もう出られたんでしょ?」

「いいえ。お伝えしたんですけど、今日は疲れたから、明日行くっておっしゃって。もうとっくにおやすみになってますが」

「明日って……。あの——行方不明になってたご主人が見つかったんですよ。そう伝えてくださったんですか」

「ええ。お伝えしたら、『あら、そう』って……」

「あら、そう?」

「で、明日うかがうようです。ご苦労様でした」

――馬鹿にすんじゃないよ！

エリカらしからぬ（？）乱暴なセリフを吐《は》こうとして、夜中の病院だったということに気づいた。

しかし、まあ、これじゃエリカが怒るのも当たり前ってものだろう。

――もともとそんなに眠らなくても大丈夫な体質のエリカだが、この夜はカッカしていて、ついに一睡《いっすい》もしなかったのは、当然のことだった……。

消えた少年

「あの……」

おずおずと声をかけてきたのは、何だかおかしいくらいベビーフェイスの、小太りな男だった。

ベビーフェイスで若くは見えるが、実際はもう三十代だろう。少し髪の生えぎわは後退していて、顔が汗でてかてか光っている。

丸い顔に丸いメガネをかけているので、余計に見た目が面白いのである。

背広姿で、何やら風呂敷《ふろしき》包みをかかえているところは、いかにもサラリーマン、って感じだ。

「何ですか？」

と、エリカは訊《き》いた。

「神代《かみしろ》さんとおっしゃるのは……」

「私ですけど」

エリカは、いぶかしげに言った。

ゆうべは一晩、ついに堀井《ほりい》の入院した病院で明かしてしまったエリカだが、大学をサボるわけにもいかず、ちゃんと真面目《まじめ》に講義に出たのだった。

今は、千代子《ちよこ》、みどりのふたりを相手に、昨日の「頭にきちゃった」ことを、ペラペラしゃべりまくっていたところだった。もちろん、大学の近くの喫茶店で、である。

「失礼いたします」

と、その男は馬鹿にていねいに頭を下げると、

「私、堀井様の秘書を務めております、本木《もとき》と申します」

「堀井さんの？」

エリカは、たった今まで、堀井の家族の悪口をさんざん言っていたので、ちょっと咳《せき》払《ばら》いをして、

「それはどうも――」

「昨晩は、大変お世話になりまして。――あの、堀井様が、これをお礼にさし上げてくるように、と……」

と、包みを差し出す。

「どうも……。あの――堀井さん、意識が戻ったんですか」

「ご主人ですか？　いえ、まったく。当分はこのままではないかと、お医者様はおっし

やっています」

エリカは、その本木という男に、とりあえず椅子《いす》をすすめた。

「——じゃ、『堀井様』とおっしゃったのは?」

「奥様のことです。堀井様のご主人は、養子《ようし》でして」

「はあ」

「ご主人は課長。奥様はその会社の社長でいらっしゃいます」

「そりゃ大変だね」

と、聞いていた千代子が思わず言った。

「じゃ、あなたは、奥さんのほうの秘書——」

「さようでございます」

変だと思った。——課長ぐらいで、こんな秘書がつくもんかしら、とエリカは不思議だったのである。

クロロックも社長だが、専任の美人秘書なんていない!

「奥さんはどうしてゆうべ病院にみえなかったんですか?」

「さようですね……。まあ、たいしてご主人のことは気にとめておられない、といいますか」

「でも夫婦でしょ?」

「先代の社長には、女の子ひとりしかいらっしゃらなかったので、今の奥様が社長になられたんですが、後継ぎの問題もありまして、今のご主人と結婚されたんです」

「じゃ、子供さんも……」

「はい。息子さんとお嬢さんがひとりずつ。ふたりいりゃ、もういい、というので、ご主人のほうはまるで用無しといいますか」

本木という男も、淡々《たんたん》と、よくしゃべる。

「可哀《かわい》そう」

と、千代子が言った。

「課長ではいらっしゃいますが、ほとんど仕事はないようなもので。——お気の毒な立場ではいらっしゃいます」

「でも、何もしないで給料もらえるなんて、いいじゃない」

と、みどりが感想を述べる。

しかし、妻が社長の会社で、ろくに仕事もない課長のポスト。——辛《つら》いことは確かだろう。

「それでは、私、これで失礼いたします」

本木は、またていねいに頭を下げて、喫茶店を出ていった。

「——堀井って人が浮気したくなるのも分かるね」

と、千代子が言った。

「何くれたんだろ？　お菓子？」

みどりは、置いていかれた風呂敷包みが気になるらしい。

「知らないわよ」

「開けてみようよ」

「ここで？」

「いいじゃない！　お菓子なら分けてよ」

「みどりったら……。ＯＫ。じゃ、開けようか」

エリカは、包みを開けた。

「いくら何でも社長よ。ちっとは凄《すご》いもん、くれたんじゃない？」

と、千代子が言った。

「札束でも詰まってりゃね。――よいしょ」

箱が出てきて、エリカはその蓋《ふた》を開けた。

三人はしばし……啞然《あぜん》として眺めていた。

それは――札束ではなかったが、紙には違いなかった。

会社の名前の入った、ティッシュペーパーが詰まっていたのだ……。

「これか、〈愛の泉〉って」

と、少年が言った。

「何てことないじゃない。ただの池」

少女のほうは、たいして興味もないようで、

「ね、行こうよ。こんな所、何も面白いことないし」

「待てよ」

と、少年はヘルメットを外して、

「夜中だから、来たんだぜ」

——夜中の二時を少し回っていた。

昼間はにぎわう〈愛の泉〉も、さすがに夜中には人の姿がない。店のネオンも消え、明かりも消えて、辺りはほとんど真っ暗である。

「何よ、泳ごうっての？　いやよ、風邪《かぜ》ひいちゃう」

「誰が。——いいか、この泉にな、来た奴《やつ》がみんな百円玉とか五十円玉とか放り込んでいくんだぜ」

オートバイのふたり乗りでやってきたアベック。どう見ても高校生って感じだが、少々ビールなど飲んで、アルコールも入っているらしい。

「だから？」

「さらったら、いくらになると思う？」

少女が、笑いだした。少年があわてて、

「しっ！」

と、抑《おさ》える。

「誰か来たらやばいだろ」

「だけど……。どうやってさらうの？」

「見ろよ」

少年はバイクの後ろにくくりつけてあった包みを開けた。――細かい目の網《あみ》を取り出す。

「呆《あき》れた！　そんなもの、どこから持ってきたのよ」

「親父《おやじ》のだよ。ちゃんとほら……。柄《え》をつけりゃ、こんだけのびるんだぜ」

「そんなもんでいくらすくえる？」

「たっぷり時間はあるさ。何なら、パンツひとつになって入ったっていい。――何万円だぜ、絶対に」

「私、入んないわよ」

「任《まか》せとけって。ビニールの袋があるから、そこに俺のすくい上げた金を入れとけよ」

「OK。それぐらいならやるわよ」

「どうせ、そんなに深くないんだから。これでやりゃ届くさ」

「見つからない？」

「その時は、バイクに乗って、一目散《いちもくさん》さ」

「パンツひとつで？」

少女が、クックッと笑う。

「——やろうぜ。誰か来ないか、見てろよ」

「うん」

少年は、泉の囲いから、身をのり出すようにして、柄のついた網を、水の中へと潜《もぐ》らせた。

「——あれ？」

「どうしたの？」

「結構深いや。これじゃ届かない」

「残念でした」

「いいか。俺の体、押さえてろよ」

「どうすんの？」

「思い切りのり出してみる。——しっかり押さえてろよ」

「だって……」

「よいしょ！」

少年は、腕の付け根まで、水の中へ入れ、網をのばした。しかし、底に突き当たる手《て》応《こた》えはなかった。

「——だめだ！」

少年は、ハアッと息をついた。

「ちくしょう！　どうなってんだ？」

「諦《あきら》めて帰ろうよ。いいじゃない、またバイトで稼《かせ》ぎゃ」

「一日立ちづめで、四千円がいいとこじゃねえか。——よし、水に入るぞ」

「溺《おぼ》れない？」

少年は笑った。

「俺は海育ちだぞ。潜るのは得意なんだ」

「だって、夏でもないのに——」

「平気さ。いいか、待ってろよ」

パンツひとつになると、少年は、囲いに腰をおろして、水に足をつけた。

「冷たい？」

「たいしたことねえよ。——よいしょ」

ザブッと水へ入る。顔だけ出して、

「足がつかない。——深いんだな、この泉」

「どうすんの？」

「潜ってみるよ。いくら深いったって、こんな町の真ん中だからな」

「気をつけてよ」

「任せとけ」

思い切り息を吸い込むと、少年は、水の中へ消えた。

少女は、何だか落ちつかない気持ちで、周囲を見回し、それから、水面に目をやった。

ポコッ、ポコッ、と泡《あわ》が出てははじける。

「早く出てきてよ。——早く」

心配になって、身をのり出していると、ザーッと音をたてて、少年が頭を出した。

「ああ、びっくりした！　——なかなか出てこないから、心配したわ。どう？　お金、あった？」

しかし、少年は、囲いのほうへと泳いできて、

「——信じられない」

と、言った。

「え？」

「底につかないんだ！　どう考えても、五メートルは潜ったぜ。それなのに……」

「そんなに深いの？」

「どこまであるか、見当つかない。——これ、ただの泉じゃないぜ」

「じゃ、何なの？」

「分からねえけど……。もう出よう。いやな気分だよ」

囲いに手をかけて、上がってこようとした時だった。

「ワアッ！」

少年が、叫び声を上げて、水の中へ落ちる。

「どうしたの！」

少年が頭を出した。

「誰かが——足を——」

「え？」

「引っ張ってるんだ！　助けて——」

水しぶきを上げて、少年の頭が消えた。

「ねえ！　どうしたのよ！」

少女が金切《かなき》り声を上げた。——少年の手だけが、水面から突き出て、空《くう》をつかんだ。

「待って！　これを——」

少年が残していた網をつかむと、少女は柄のほうを、少年の手に届くように、突き出してやった。

「つかんで！」

間に合わなかった。少年の手が、スッと飲みこまれるように水の中へ消えた。

「ねえ、出てきて！　出てきてよ！　──いやだ！　ねえ！」

少女は、柄を、水の底のほうへと思い切り突っ込んだ。すると──突然、凄い力で引っ張られたように、網ごと少女の手から、逃げて、消えていった。

少女は青ざめ、よろよろと後ずさると、ペタンと地面に座り込み、泣きだしてしまった……。

秘書の問題

「秘書が？」

エリカは、思わず訊《き》き返していた。

「お父さんに秘書がついたの？」

「そうなのよ」

と、涼子《りようこ》は言って、笑った。

「凄《すご》く可愛《かわい》い女の子だ、とか言って、鼻の下を長くしてるわ。――ほら、ちゃんとお口をあけて。好き嫌いはいけないのよ」

虎ノ介《とらのすけ》は、少々むくれながらも、母親のご機嫌《きげん》を取るのも、多少はやむを得ない、と分かっている様子で、渋々《しぶしぶ》食べている。

「へえ……。平気なの、お母さん」

エリカの朝食はいつも簡単である。人並みにしか（？）食べない。

「そんなこと、あるわけないじゃない」

と、涼子は笑って、

「お父さんの会社に、そんな可愛い秘書が来るなんて。どうせ、凄いおばさんなのよ。あの人、見栄《みえ》をはってるだけ」

「それもそうね」

と、エリカも笑って言った。

そこへ、クロロックが欠伸《あくび》をしながらやってくる。

やはり吸血族としては、夜起きて、朝眠るというのが「正しい吸血鬼」のあり方なのだが、社長ともなると、そうはいかない。

仕方なく、眠い目をこすりつつ起きてくることになる。

「おお、虎ちゃんも起きておったか！　愛《いと》しの虎ちゃん！」

とか言いながら、駆け寄って、虎ノ介の頰《ほ》っぺたにキスした。

食事の邪魔《じゃま》をされた虎ノ介のほうは、持っていたスプーンで、パパの頭をコツン、とやったりしている。――これじゃ吸血鬼もかたなしだ。

「早く食べてよ、あなた。可愛い秘書が待ってるんでしょ」

と、涼子が言った。

「おお、そうだった。いや、若い女の子が来るというのはいいもんだ。会社の中がパーッと明るくなる」

「パーッと明るいのはお父さんでしょ」

と、エリカはからかってやった。

「さて、と。——じゃ、私、出かけるわ」

「エリカさん、早いのね、今日は」

「これが普通なの」

と、エリカは立ち上がって、ついでに、虎ちゃんのフルーツを一口つまんでやった。

「ワーッ！」

と、声を上げて怒っている。

「こら、何をするか。姉らしくしなさい」

「生存競争の厳しさを教えてやってんのよ」

と、エリカは玄関のほうへやってきた。

玄関のチャイムが、ちょうど鳴りだした。

「私、出るわ。——はい、どなた？」

ヒョイとドアを開けたエリカは、目の前に、自分に劣らず可愛い（これはエリカ自身の感想である）女の子が立っているので、びっくりした……。

「おはようございます」

と、その女の子は、にこやかに言った。

「お、おはようございます」

エリカもつい、頭を下げている。

「ど、どちら様で？」

「私、秘書の堀井有子《ほりいゆうこ》と申します。社長さんはもうお目覚めでいらっしゃいます？」

「は、はあ……。お目覚めでいらっしゃいます」

エリカは、思わず妙な敬語の使い方をしてしまった。

これが秘書？　――こりゃ大変だ！

「社長さん、寝起きがよくないので、起こしに来てくれ、とおっしゃっていたものですから」

「――エリカさん。どなた？」

と、涼子が出てくる。

まずい！　――と思ったが、どうしようもない。

「あの……秘書の方」

「――そう」

涼子は、しばらくその娘を見つめていたが、やがて、ヒョイと頭を下げて、

「いつも主人がお世話になってます」

と言って、奥へ引っ込んでいった。

「あの、ちょっと下で待ってましょうね」

エリカは靴をはいて、その娘を促《うなが》した。

「でも……」

「いいの。朝はいつもふたりで話し合う習慣になってるのよ」

「そうですか！　すてきなご夫婦ですね」

「まあ、そうね……」

エリカが外へ出てドアを閉める時、中から、

「あなたって人は——」

という、涼子の金切《かなき》り声が聞こえてきた……。

「——堀井さん？」

ロビーへ下りてから、エリカは、その秘書の名前を、思い出した。

「堀井有子です」

「堀井って……もしかして……」

「父のことを助けてくださって、ありがとうございました」

「あなた、堀井さんの娘さん？」

エリカはびっくりした。

「どうして父の会社の秘書なんかやってるの？　お金持ちなんでしょ？」

「秋川明美《あきかわあけみ》さんから、お聞きしたんです。神代《かみしろ》さんのこと」

「明美さんをご存知？」

「父の恋人ってことで――私も初めは腹が立って、別れてくれって言いに行ったんです。でも……」

と、堀井有子は首を振って、

「母が父をまるで使用人みたいに扱ったりするのは、私も見ていていやでしたし、父に同情もしてました。ですから、明美さんが、真面目《まじめ》に父のことを心配してくれてると分かって、逆に親しくなっちゃったんです」

「なるほどね」

「で、明美さんに、神代さんが社長さんだってうかがって、私、独り立ちしたかったものですから、大学をやめて働こうと――」

「じゃ、それで父の会社に？」

「そうなんです。――すみません、図々しく押しかけて」

「いえ、そんなことといいのよ」

と、エリカは笑って、

「ただ、うちも奥さんが若いから、結構いろいろとね……」

「は？」

――クロロックは十五分ほどして、やっと下りてきた。

「や、待たせてすまん」

「お父さん、生きて出られて良かったわね」

「うむ。涼子もよく分かってくれて……いてて……」

お尻《しり》をさすったりしているのは、フライパンで殴《なぐ》られたのだろう。――だいたい、涼子に追いかけられて逃げ回っているクロロックの姿は想像がつく。そしてそれを見て大喜びで手を叩いている虎ちゃんという構図。

「――社長さん、今日は、寄っていかれるんですか?」

「うん? どこだったかな。マクドナルドかロッテリアか」

「いえ、〈愛の泉〉ですけど――」

「おお、そうだった」

「しっかりしてよ」

と、エリカは、一緒にマンションを出ながら言った。

「じゃ、私も一緒に行こうかな」

「いいのか、大学をサボって」

「人聞き悪いなあ。社会実習よ」

と、エリカは言い返して、

「じゃ、タクシー拾う？」

「いや、経費がかさむ。電車にしよう」

「三人分の電車賃ならたいして変わんないわ」

「それもそうか。では小型タクシーに……」

ケチな社長！


「父の容体《ようだい》は相変わらずみたいです」

と、堀井有子が言った。

「母なんか、一度、お医者さんに挨拶《あいさつ》に行ったきりですもの。ひどいもんです」

「お兄さんがいらっしゃるんでしょ？」

「兄は母に輪をかけて、父を無視してます」

「へえ。どうして？」

「ともかく、家で会っても、『おはよう』も言いませんから」

そりゃ凄い。──いい家ってのもいろいろ中では苦労が多いのだ。

うちはたいした社長じゃなくて良かった、とエリカは思った。

だいたい、クロロックは会社のオーナーではない。雇われ社長なのだから、たいして権限《けんげん》もないのである。

「――あそこだ」

と、エリカは言ったが……。

「パトカーだわ、何かあったのかしら」

三人はタクシーを降りて、人だかりのするほうへ歩いていった。

しかし、パトカーが三台も停《と》まっていて、警官はいるし、なかなか泉には近づけない。

「――何やってんだ？」

と、声をかけてきた若者がいる。

有子が振り向いて、びっくりした。

「お兄さん！」

「家を出たんだって？　なかなかやるじゃないか」

有子は、ちょっと複雑な表情で、エリカたちを紹介した。――堀井知哉《ともや》は、いかにも金持ちの息子の遊び人という格好で、

「これでも大学生ですよ」

と、ニヤニヤしながら言った。

「どこの大学に入ってるか、自分でも忘れそうだけど」

「たまには家へ帰ってるの？」

と、有子が訊く。

「昨日帰ったのさ。だからお前のことを聞いたんだ」

「いつも家じゃないの？」

と、エリカは訊いた。

「マンションをふたつ買ってもらってるんです、兄は。大学の近くと、もうひとつは、家と大学の中間辺りに」

「へえ……」

そりゃ、いいことないや、とエリカは思った。

「お兄さん、どうしてここに？」

「ヒマだから」

と、堀井知哉の答えは単純明快だった。

「来てみたら、何だかワイワイやってんだよな」

「何をしてるの？」

「さあね。誰だかが溺《おぼ》れたとか言ってさらってんだ。あんな浅い所で溺れる奴もないもんだぜ」

エリカたちは、人垣を分けて、中へ入っていった。

泉の囲いの所で、

「本当に、深かったんだから！」

と、話している少女……。

「いい加減なこと言うんじゃないぞ」

と、警官のほうはうんざりしている様子。

「どこにも、そんな深い穴なんて、ないじゃないか」

――実際、泉の中に、警官がふたり、腰までつかって、さらっているのだ。

「あの分なら、深さはせいぜい一メートルと少しってところね」

と、エリカは言った。

「でも、もっと深く見えたけど」

「なるほど」

クロロックは真剣な顔で、その泉を見ていた。

「――どこが五メートルだ。馬鹿らしい!」

と、ずぶ濡れになった警官が泉から出てきて、

「覚醒剤《かくせいざい》でもやってたんじゃないのか」

「嘘《うそ》じゃないよ! 助けてやってよ、本当にこの底に――」

少女は泣きださんばかりにして訴えているが、警官は、

「引き上げるぞ! ――おい、いいか、今回は見逃してやるが、二度とやるなよ」

と、少女をおどかして、行ってしまう。

「――嘘じゃないってば」

少女は呟《つぶや》くように言うと、泉の前にペタッと座り込んでしまった。

パトカーが走り去ると、また見物人がワイワイ泉の周囲へやってくる。

「どう？」

と、エリカが、そっと父のほうへ訊く。

「うむ。――邪悪なものがひそんでいるな」

「やっぱり？」

「しかし、まあ、たいしたことはない」

「へえ」

「このクロロックにかかれば、いかなる悪霊《あくりよう》といえども――」

「分かったわよ。ＰＲはいいの」

「そうか？　しかし世はＰＲの時代だ」

「テーマソングでも歌う？」

「吸血鬼音頭《おんど》にするか」

「やめてよ。――ね、どうにかなる？」

「やってみよう」

クロロックは、座り込んだ少女の肩を叩《たた》くと、

「君。その彼氏というのはどのへんに沈んだのかね？」

「え？　——おじさん、誰？」

「私は正義の味方だ」

表現が古い！　エリカは、少々顔を赤らめた。

「その……真ん中辺りよ」

「その辺りか。——エリカ、つりざおか何かないか」

「そんなもの、持って歩いてるわけないでしょ！」

「あの、これが——」

と、少女が、柄《え》のついた網を出す。

「これか。——ま、ないよりましだ」

「でも、そんな深い所まで届く？」

「それは心の持ちようだ」

と、クロロックは言った。

「心の持ちよう？」

少女は、わけが分からない様子で、キョトンとしている。

クロロックは、柄をつかむと、泉のほうへ少し身をかがめ、ヤッと水の中へと突っ込んだ。——さっき、警官が入っている時には一メートル余りしかないようだったのに、それはもっと奥まで入っていくようだ。

「――うむ。こりゃなかなか深いな」

と、言いながら、クロロックは腕まくりをして、さらに深くさし込んだ。

「――ん？　――これかな」

よいしょ、という感じで、柄を両手でつかみ、引っ張り上げると……。その先の網の所にからまって、手が水の上に出てきた。

「キャーッ！」

と、叫び声が上がる。

クロロックが、ぐいと柄を持ち上げる。ザーッと水が盛り上がって、ずぶ濡れになった少年が現れたから、周囲の人間たちは仰天《ぎょうてん》して、声も出ない。

少女も、ポカンとして、横たえられた少年を眺めているばかり。

「――生きとると思うが、このままじゃ風邪《かぜ》をひくぞ」

クロロックはそう言って、エリカを促《うなが》して歩きだした。

堀井有子が、あわてて後をついていく。知哉のほうは、ポカンとしてその三人を見送っていた……。

女の対決

「――有子《ゆうこ》さんから聞きました」

と、秋川明美《あきかわあけみ》が言った。

「クロロックさんって、不思議な力を持ってらっしゃるんですね」

「いえ、まあ……」

と、エリカは、とぼけて、

「多少人間離れしてるだけです」

堀井《ほりい》の病室である。――夕方になっても明かりを点《つ》けていないので、中は多少薄暗かった。

「聞こえたぞ」

と、ドアが開いて、クロロックがヒョイと顔を出す。

「お父さんたら！　子供みたいなんだから、まったく！」

クロロックが入ってきて、堀井の顔をまじまじと見下ろす。

「どうでしょうか」

と、明美が訊《き》いた。

「うむ。——私の診断では『愛情の不足』ってとこかな」

「はあ？」

「これは、人間のやったことだ」

クロロックは、椅子《いす》によっこらしょ、と腰をおろした。

「人間の？　でも——」

「世の中にはいろいろと霊というものがある」

と、クロロックは説明した。

「電波とか、音波みたいなもんで、目には見えんが、確かに霊というやつは存在しとる」

「あの泉も？」

「そう。——ま、水の霊というかな。何しろこの都会では、どんどん自然の湧《わ》き水は姿を消しとるからな。そのひとつが、たまたま霊となって漂《ただよ》っていたのだ。それを、誰かがつかまえた」

「誰が？」

「それは分からん。しかし、こういうことを、いくらか勉強した人間だろうな」

「でも、何のために？」

「そりゃ、何か俗《ぞく》っぽい目的があるんだろうさ」

と、クロロックは肩をすくめた。

「ともかく、水の霊を操《あやつ》って、心の弱い人間を、そこへ捕らえることに成功した、というわけだ」

「堀井さんが……」

と、明美は呟《つぶや》くように言った。

「よっぽど、惨《みじ》めな気分でいたのだろう」

「私が——振ったもんですから」

「そりゃ当然だ。いや——」

クロロックはあわてて言った。

「もっとこう、自分で自分がいやになるとか、そんなことだろう。——ま、ともかく、この霊は、人を殺すほど強くない。それで助かったのだ」

「どうして、あんな浅い所で溺《おぼ》れたの？」

「暗示をかけられるのと似ている。いつまで潜《もぐ》ってもきりがないような気がするのだ。もちろん、その当人にとっては、そうなのだがな」

「じゃ、その霊をやっつければ？」

「簡単にはいかん。霊が悪いのではなくて、それを操っている人間が悪いのだからな」

「誰かしら？　でも、被害にあったのは堀井さんとあの男の子――」

「そこが、気になるところだ」

「どうして？」

「この男の場合は、誰か恨《うら》みを持つ人間がいることも考えられる。しかし、あの少年はそうじゃあるまい」

「つまり、あの男の子の場合は――」

「泉が勝手に引きずり込んだのではないかと思う。――霊が力をつけてきていることも考えられる」

「力を？」

「そうなると、危ない。相手構わず襲いかかるかもしれんからな」

「でも……。じゃ、どうしたらいいの？」

「その操っている誰かを、早く見つけることだな」

「この人を恨んでる人なんて……」

と、明美は言った。

「思い当たらんか？」

「この人は、いわば無視されている人ですから……。恨むなんて、考えられません」

「しかし、人は知らないところで敵を作っているものだ」

クロロックが珍しくいいことを言った。

「——私、この人についていています」

と、明美が言った。

「どうせ奥様はいらっしゃらないんですから」

「それがいい」

と、クロロックは肯《うなず》いて、

「この男を守れるのは、人間の愛情だけだからな」

「なかなかいいセリフよ」

と、エリカは言った。

「では、我々は行こうか。社長は忙しい」

よく言うわよ、とエリカは笑いをかみ殺して、病室を出ようと、ドアを開けた。

「おっと——」

目の前の誰かにぶつかりそうになる。

「あら、あなたは——」

「先日は失礼いたしました」

と、頭を下げたのは、あの秘書の本木《もとき》だった。

相変わらず、面白いほど表情のない顔をしている。――が、今日は、ひとりではなかった。

「社長。こちらが神代《かみしろ》エリカさんです」

と、本木が、後ろの女性のほうへ言った。

「まあ、そうなの」

と、その女は、ちょっと眉《まゆ》を上げただけだった。

「夫を助けてくださったそうで、どうもありがとう」

「は、いえ……」

礼を言ってる、というより、「別にどうでも良かったのに」と言ってるみたいな口調だった。

社長という貫禄《かんろく》にかけてはさすがが、という感じだが、いかにも厳《きび》しく、冷たい感じの女性である。

「あの――父です」

と、エリカがクロロックを紹介する。

「こりゃどうも」

クロロックはとぼけた感じで、

「光栄ですな。こんな中小企業の社長としては」

「いいえ。見かけはなかなかのものですわ。私は堀井和世《かずよ》です」

と言ってヒョイと病室の中を覗《のぞ》き込んだが——。

「何してるの、あの女は?」

「——奥様」

秋川明美が、立ち上がって頭を下げた。

「あなた。どうしてこんな所にいるのよ?」

と、堀井和世は病室の中へ入っていくと、中をクルッと見回して、

「センスのない部屋だわね」

と言った。

どうやら、ホテルか何かと間違えているらしい。

「初めておいでになったんでしょう」

と、明美がしっかり和世を見すえて、言った。

「そうよ。何しろ忙しいの。大勢の社員を預かってるんですからね」

「お忙しいようですから、私がご主人のそばについていようと思いまして」

「部下として?」

「いいえ。——ご主人を愛する女としてです」

「そうなると話は別ね」

と、和世は言った。

「出ていきなさい。あんたのいる所じゃないわよ」

「いいえ。私、ここにいます」

「そう……」

和世は、ベッドのほうへ近づくと、眠りつづけている夫を見下ろして、

「こんな男のどこに惚《ほ》れたの？　私は子供をふたり作ってもらってから、この人と寝たこともないわ」

明美は、じっと気持ちを抑《おさ》えるように、

「こんな男、と思って見れば、いいところも見えなくなります」

と、言い返す。

和世は、明美のほうへ歩み寄ると、足を止め、そして、いきなり平手で明美の頰《ほお》を打った。エリカもギョッとするほど、凄《すご》い勢いだ。

「出すぎたことは口にしないのよ」

「思っていることを申し上げたまでです」

ふたりの視線が、火花を散らすようだった。――エリカも動くに動けず、息をのむばかりである。

「出ていきなさい」

「いやです」

短いやりとりの後、また息詰まるような沈黙。

それを破ったのは、本木だった。

「――社長」

機械のように無表情な声が言った。

「もうお出になりませんと、経産省での会議に間に合いません」

和世が、ふっと肩の力を抜いて、

「分かったわ。――いいでしょう。好きにするのね」

と言うと、病室を足早に出ていった。

本木が、エリカとクロロックに一礼して、その後に従う……。

フーッとエリカは息を吐き出した。凄い迫力だった！

「なかなかやるじゃないか」

と、声がした。

「知哉《ともや》さん」

と、明美が目を見開いて、

「見ておられたんですか」

「ああ。お袋を相手に、頑張ったじゃないか！　たいしたもんだぜ」

知哉は、ブラリと病室へ入ってくると、

「親父は生きてんのかい？」

「もちろんです」

「ふーん。死んじまえば、まだ少しは同情してもらえるのに」

「知哉さん、何をおっしゃるんですか！」

「だって本当だろ。親父なんて、家にいたって、影そのものだぜ。どこで何してようと、誰も目に止めないんだ」

「だからって――」

「ま、せいぜい大事にしてやるんだな」

知哉は肩をすくめて、病室を出ていった。

「――明美さん、大丈夫ですか？」

と、エリカは声をかけた。

明美の頬に、手のあとが、はっきり残っている。

「ええ。これぐらいのこと、どうってことありません」

と、にっこり笑う。

「でも、凄い奥さんねえ」

と、エリカは首を振って言った。

「私のこと殴《なぐ》るくらいですから、少しはご主人のことも気にかけてるんだわ」

「そうかしら。――ただ、体面上《たいめんじよう》のことだけじゃないのかな」

「いやいや、それはお前が間違っとる」

と、クロロックが言った。

「そう?」

「考えてみろ。向こうは社長、この人はそこの社員だぞ。ただやっつけるだけなら、クビにするとでも、言えるはずだ。しかし、あの女は、それを言わなかった」

「あ、そうか」

「ご主人のことを愛してるんでしょうか」

と、明美が言った。

「それは分からん。しかし、必ずしも幸せな女性ではないな。今の状態に満足もしておらんようだ」

「さすが、経験者!」

「変なところで持ち上げるな」

「ともかく、ここにいてもいいと言われたんですから」

と、明美は微笑《ほほえ》んだ。

――エリカとクロロックは、病室を出た。

「殴られても幸せなのかしらね」

「そりゃ、恋というのは、そういうものだ」

「へえ。分かったようなこと言っちゃって」

「お前はまだ、経験が足らん」

「言ったわね！」

エリカは笑った。

「――あの、ここは病院ですので、お静かに」

看護師にそう言われて、エリカは赤くなって口をつぐんだのだった……。

表に出ると、堀井有子が急ぎ足でやってきた。

「有子さん。今、お母さんが――」

「ええ。見えたんで急いでそこの喫茶店に入っちゃったんです。何かあったんでしょうか？」

エリカが、病室での出来事を話してやると、有子は肯《うなず》いて、

「明美さん、偉いわ」

と言った。

「――さて、会社へ行くか」

と、クロロックは伸びをして、

「たまには行かんと、会社がどこにあるか忘れてしまう」

ひどい社長だ。

「社長、それが……」

「どうした？」

「喫茶店のＴＶ《テレビ》で、気になるニュースをやってたんです」

「何だ？　特価品のタイムサービスか」

どういう発想してるんだ！　エリカは嘆《なげ》いた。

「いえ、あの泉のことです」

「また何か？」

「あのすぐ近くの工事現場で、作業員が泥《どろ》に飲まれたんですって。深いはずがないのに」

「まあ、それじゃ――」

「死体が引き上げられたそうですわ」

「これはいかん」

と、クロロックは眉《まゆ》を寄せて、

「また被害が出るかもしれんな」

「じゃ、泉が関係なしに人を襲い始めたってこと？」

「うむ……。おそらくな。——そのうち、操っている人間の言うことも聞かなくなるおそれがある」

「じゃ、何とかしなきゃ！」

「まあ待て。問題は、誰が堀井を殺そうとしたかだ」

「そうね。——お金とか、そんなものが目当てじゃないだろうし」

「うむ」

クロロックは、ゆっくり肯いた。

「何かピンときた？」

「グーッときた」

「え？」

「昼飯が少なめだったからだ」

「——もう！」

エリカはクロロックをにらみつけたのだった。

暗い水槽

明美《あけみ》は、ふと目を覚ました。

目を覚ましてから、眠っていたことに初めて気がついたのである。

「いやだ……。起きてるつもりだったのに」

と、頭を振る。

でも、椅子《いす》に座ったまま、コックリコックリ居眠りするというのは、悪い気分ではなかった。

こんな時は、ほんの十分間でも、深く眠っているからだろう。

病室の中は、薄暗くなっている。目をこすって、ベッドのほうへ目をやると――。

とたんに、顔からスッと血の気が引いてしまった。

ベッドは空《から》だったのだ。――自分でどこかへ行ったのだろうか?

でも、意識が戻って起き出したのなら、明美に気づくだろうし、明美だって、気配で目が覚めたのではないか。

明美は、病室を出て、廊下《ろうか》を眺め回した。

——夜の十時。

まだ深夜という時間じゃないが、病院で十時は「真夜中」である。

「どうしよう……」

看護師さんに話して捜してもらおうか。

迷って立っていると、

「あ、堀井《ほりい》さんの付き添いの方？」

と、呼ばれてギクリとした。

「そうです。あの——」

「ちょうど良かったわ。電話が入ってるの」

と、その看護師は言って、

「正面のカウンターの所ね」

と指さすと、歩いていってしまった。

どうやら、堀井のことは知らないようだ。

ともかく明美は、電話へと急いだ。

「——あの、もしもし」

向こうは、しばらく黙っていた。誰かが出ていることは分かるのだが。

「もしもし？」

と、明美がくり返すと、

「よく聞きなさい」

と、奇妙な声がした。

「え？」

「患者は今、地下にいる」

「どこの？」

「病院の地下。機械室だ」

囁《ささや》くような、誰のものとも分からない声だった。

「あなたは――」

「いいかね。あなたひとりで来るのだ。患者は非常に微妙な状態で、刺激してはいけないからね」

「どういうことですか？」

「ともかく、ひとりで、誰にもこのことを言わずに来なさい。そうしないと――」

声は、やや凄《すご》みを加えて、

「患者は死ぬことになるかもしれない」

と言った。

「分かりました……」

明美は電話を切って、息をついた。

言われた通りにするしかない。機械室というのは、どこから行くのだろう？

明美は、階段を下りていった。——地下へ下りると、急に空気がひんやりとして、湿ってくる。

ともかく、目の前の重いドアを開けて、中へ入っていく。

ところどころ、小さな明かりは点《つ》いているが、暗い。大きなモーターのような物が床《ゆか》に並び、低い唸《うな》りが、床を揺らしている。

ここが機械室なんだろうか？

明美は、狭い通路を、ゆっくりと歩いていった。——いろいろな匂《にお》いがする。消毒液の匂い、洗濯物の匂い、そして——そう、これは水の匂いだ。

コトン、と上のほうで音がした。

見上げると、鉄の細い階段が機械の上を通る通路に上るようについている。

コト、コト、と音がした。

「——誰かいるんですか？」

と明美は声をかけた。

もちろん返事はなかった。明美は、思い切って、その細い階段を、ほとんどよじ上るような感じで上っていった。

通路は人ひとりがやっと通れる幅しかない。

手すりもついていないので、あちこちに走るパイプにつかまりながら、歩いていくしかなかった。

音のした方角へと、足を進める。

足元に用心しないと、踏み外して落ちてしまいそうだった。

通路の奥が、ほとんど真っ暗なのでよく分からないが、何か動くものがあるような気がした。

「誰かいるの？——返事して」

明美は、じりじりと進んでいく。

カチッ、と音がして、赤いランプがどこかで点灯した。その光に——堀井が浮かび上がった。

気を失ったまま、パイプに手を縛《しば》りつけられて、半《なか》ばぶら下がるような格好になっている。

「堀井さん！」

明美は足を止めた。——突然、わきからのびてきた手が、ドンと明美の体を突く。

アッ、と声を上げる間もなかった。

通路から落ちた明美は、水の中へ頭から突っ込んでいた。

幸い、すぐに浮かび上がったが——何だろう、これは？

水槽だ。大きな水のタンクなのだ。

上のへりまでは二メートル近くあって、水槽は筒型だったが、よじのぼる手がかりはまったくない。

明美は、立ち泳ぎで体を浮かしながら、

「誰か来て！——誰か！」

と、叫んだ。

しかし、こんな所でいくら叫んでも、聞こえないかもしれない。深さはどれくらいあるのか。ともかく、足が届く深さではない。

いつまでもこうして泳いでいられるわけではない。——何とかして這《は》い上がらなくては！

しかし、いくら頑張っても、内側はすべすべした金属で、手がかりは何もない。

「——助けて！　誰か来て！」

と、精一杯叫んだが、その拍子《ひょうし》に水を飲んで、むせた。

このままじゃ溺《おぼ》れる！

しかし、つかまる所が、どこにもないのだ。

手足が、疲れて、しびれてきている。――もうだめだ!

水面から顔が出せなくなってきた。苦しい……。

堀井さん! ――あなたは死なないで!

明美の体が、沈んだ。


「危ないところだった」

と、クロロックが言った。

「もっとよく見てなきゃだめじゃないの」

エリカは、みどりをにらんで、

「バイト代、払わないからね」

「そんなこと言ったって……」

みどりはふくれている。

「トイレに行ってたんだもん」

「ま、ともかく助かったんだからな」

と、クロロックが取りなして、

「ほれ、気がついたぞ」

明美が目を開けた。

「――良かったですね。大丈夫？」

と、エリカが声をかけると、

「私……溺れてたの」

「そう。このみどりが見つけて、急いで水を抜いたの、タンクのね」

「少しは誉《ほ》めてよ」

と、みどりが主張した。

「じゃ……助かったんですね」

明美は、息をついて、それからハッとした。

「堀井さんは！　あの人縛られて――」

「安心しなさい」

クロロックが肯《うなず》いて言った。

「同じ病室にしてあげた」

隣にベッドが並んで、堀井が眠っている。

「――助かったんですね！」

「そう。でも、誰かがあなたを殺そうとしたんだわ」

エリカは、用心のために、みどりに、病室を見張らせていたのである。

「相手を見ました？」

と、エリカが訊《き》くと、明美は首を振った。

「いいえ。──堀井さんのほうしか見ていなくて」

明美は、電話で呼び出されたことを話して、

「男の人の声で……。でも、わざと声を変えていたんだと思います」

と、言った。

「だけど、不思議ね」

と、エリカが首をひねる。

「前には堀井さんが狙《ねら》われて、今度は明美さん……。犯人の狙いは何なのかしら」

「そこだ」

と、クロロックが肯いて、

「犯人も馬鹿なことをしたものだ」

「どうして？」

「なまじ、こんなことをするから、犯人が分かってしまう」

エリカは、ちょっと面食らった。

「お父さん、犯人が分かってるの？」

「もちろんだ」

と、クロロックは胸を張ってから、やや声を低くして、

「たぶんな」

と、付け加えた。

「誰？」

「うむ。――もう少し待て。名探偵は、確信が持てるまで言わんものだ」

「もったいぶって！」

クロロックは、エリカのほうへ顔を寄せると、

「どうだ？　少しこづかいを回してくれたら教えてやってもいい」

「誰が！」

と、エリカはそっぽを向いた。

「――私はもう大丈夫です」

と、明美がベッドに起き上がって言った。

「無理しちゃだめですよ」

「いえ。だって、別にけがしてるわけでもないし。クロロックさん、もし犯人がお分かりなら、早く捕まえてください」

「うむ。そうしたいのはやまやまだ。しかし、問題はそれだけでは解決せん」

「というと？」

「あの泉だ。泉の霊の力を抑《おさ》えてしまわんことには、あんたの恋人も、いつまでも目を

覚まさんことになる」

「私に何かできることがあれば……」

「あんたは、この男を守っとればよろしいのだ。——では、大事にな」

クロロックとエリカは、病室を出た。みどりは、

「今度はちゃんと見てるから！」

と主張して、しっかりバイト料をせしめ、病室の中に残っている。

「どうするの、これから？」

と、エリカは訊いた。

「うむ。——人間の犯人のほうは何とでもなるが、気になるのは、例の泉のほうだ」

「行ってみる？」

「どうするかな……」

クロロックはしばし考えていたが、

「よし！　行ってみよう。あの番組はビデオに録《と》っておいてもらって、後で見ればいいしな」

「TVの番組とてんびんにかける名探偵がいるもんですか」

と、エリカは言ってやった。

ふたりが病院を出ると、目の前に、意外な人間が立っていた。

「お待ちしておりました」

と、本木《もとき》が頭を下げる。

「何かな？　晩飯でもおごってくれるのか」

「もう食べたでしょ」

「あれは夕食だ」

ふたりでもめていると、停《と》まっていた車から、

「――どうぞお乗りください」

と、声がかかった。

「有子《ゆうこ》さん」

「母と兄がお待ちしているそうです。――あの泉の所で」

「どうしてまた……」

「分かりません。ともかく、母が、そうしろと本木さんに言ったようです。それでお迎えにあがったんですの」

クロロックとエリカが一緒に乗り込んでも、大きな車なので、後部座席の三人は、ゆったりと座れた。

本木が助手席に座り、運転手へ肯いてみせると、車は滑《なめ》らかに走りだした。

「――明美さん、大丈夫だったんですね」

エリカの話を聞いて、有子はホッとしたように言った。

「しかし、問題はこれからだ」

と、クロロックが腕組みをする。

しばらく車は走り続けた。——有子が、

「そうだわ。社長さん。明日までに見ていただくことになってた書類、どうなってますか?」

と、思いついて訊くと——。

クロロックは、腕組みしたまま、居眠りをしているのだった。

「頼りない社長さん」

と、エリカは苦笑した。

「でも——本当に人間的な、すてきなお父様ですわ」

「そう?」

「ええ! 私も、結婚するなら、ぜひこんな人と——」

「母の前で、そんなこと言わないでね」

と、エリカは念のために言った。

「ウーン」

と、クロロックが低く唸《うな》った。

もしかすると、タヌキ寝入りだったのかもしれない。

忘れられた男

車は、あの泉のすぐ近くまで来て停《と》まった。

「——いないわね、お母さんたち」

有子《ゆうこ》が窓から外を見て、ドアを開けようとすると、

「お待ちください」

と、本木《もとき》が車を出て、

「捜して参ります。中でお待ちになっていてください」

と、駆け出していく。

「よく働く人ね」

と、エリカが言うと、有子も肯《うなず》いて、

「本当に。母も頼りにしてるんです。何だか、寝る時でも背広にネクタイじゃないかって感じだけど」

と、有子は笑って言った。

運転手が、

「すみません。外でタバコをすってていいですか」

と、訊《き》く。

「ええ、いいわよ」

と、有子が答えた。

「——でも、泉が人を捕まえるなんて、妙なことがあるもんですね」

「世の中には、理屈じゃ説明できないことがたくさんあるわ」

と、エリカは言った。

運転手が外へ出て、タバコをふかしているのが、窓越しに見える……。

と——突然、運転手が、

「ワーッ！」

と、声を上げるのが聞こえた。

「どうしたの！」

有子がドアを開けようとする。

「待って！」

エリカが、その手を押さえた。

「開けないで！」

「え？」

「動かないで！」

——信じられない光景だった。

車が、沈んでいる！　いや、逆に、水がどんどん車の周囲を埋めている、と言うほうが、正確かもしれない。

「こんなことが！」

有子が叫んだ。

閉め切った窓の外に、水がどんどん水位を上げていく。運転手が、水の中でもがくのが見えた。

「——お父さん！　お父さん！」

エリカはクロロックを揺さぶった。

「起きてよ！　お父さん！」

「うん？　——何だ」

クロロックは、欠伸《あくび》をして、

「もう飯か？」

「何言ってんの！　水よ！」

「水？　水がどうかしたか？　断水のお知らせは来ていなかったぞ」

「車の外を見て！」

クロロックが目をやった時、すでに水は、車の屋根までスッポリと覆《おお》ってしまっていた。

「——ほう、こりゃまるで潜水艦だな」

「呑気《のんき》なこと言ってないで！　何とかしてよ！」

「お前もしっかりせい。泉がだいぶ力をつけてきておるぞ」

「どうすればいいの？」

「とりあえず、向こうの注意をひきつける役が必要だな」

クロロックは、有子を見て、

「やってくれるか？　少し苦しいと思うがな」

「はい。泳げますし、息も結構止めていられます」

「よし。では車から出て、上に上にと、浮き上がろうとしてくれ。向こうはそうさせまいとして、あんたを捕まえようとする。その間にこっちが何とかする」

「分かりました」

「ドアを開けるのは、あんたの力では無理だから、私がやる。——水がドッと入ってくるぞ。いいか。思い切り息を吸っておけ」

有子とエリカが、大きく息を吸い込む。

「行くぞ！」

クロロックの力はさすがで、外から凄《すご》い水圧がかかっているドアを、ぐっと押し開けた。

ドッと流れ込む水――その勢いたるや、壁がぶつかってくるようだった。

「水が車にいっぱいになるまで待て！」

と、クロロックが怒鳴った。

車は、たちまち水に埋まった。有子が、ドアから外へ出て、弾《はず》みをつけて、浮かび上がっていく。

クロロックは、少し待ってから、エリカを促《うなが》して車から出た。

クロロックのマントが、水の中で広がってエイみたいだ。

クロロックは下を指さした。

下に行くの？　エリカは面食らったが、ここはともかく、言われる通りにするしかない。

水をけって、底へ底へと潜っていく。

凄い深さだ。――エリカも少し息が苦しくなってきた。

見上げると、車が、水の真っただ中に漂《ただよ》っている。

幻《まぼろし》なのかしら？　しかし、息が苦しいのは、幻でも何でもない、事実だ！

どこまで行くのよ！　そうクロロックに声をかけたかったが、水の中じゃ、そういうわけにもいかず……。

すると――急に周囲が暗くなってきた。深海へ潜《もぐ》ったような感じで、目をこらすと、暗い渦巻《うずま》きのようなものが、見える。

あれが「底」なんだろうか？

エリカは、クロロックに遅れないように、必死で後を追ったが、クロロックのほうはどんどん深みへと下りて、姿が小さくなっていく。

お父さん！　置いてかないでよ！

この――子供不孝者！

突然、エリカの体は、見えないばねにぶつかったように、はね上げられた。

「キャッ！」

思わず声を上げて――あれ？　声が出せるのでびっくりした……。

――ドサッ。

エリカはいきなり、地面に投げ出されていた。

「いてて……」

顔をしかめて、それでも何とか起き上がって周囲を見渡すと……。

水なんか、どこにもない。車が目の前に停まっていて、運転手がそのそばで倒れている。そして振り向くと――有子もうつ伏せになって、倒れていた。

「有子さん！」

エリカが抱き起こして、揺さぶると、有子は目を開いた。

「――エリカさん」

「良かった！　大丈夫？」

「ええ。精いっぱい頑張ったんだけど……。もう苦しくて、だめだ、と思って――」

「見て。もう水なんてないわ」

「本当だわ！　――信じられない」

有子は、半分夢でも見ているかという表情だ。

「服も、濡《ぬ》れてないし。やっぱり、あの水は幻《まぼろし》みたいなもんだったのよ」

「こんなことがあるなんて！」

「泉の力が強くなって、心の弱い人でなくても、捕まえるようになったんだわ」

「でも――クロロックさんは？」

「さあ。どこかしら。でも、父は大丈夫だから」

ザーッと水の音がしたかと思うと、あの泉から、クロロックが出てきた。

「お父さん！」

「やあ、無事だったか」

クロロックは、ちょっと息を弾《はず》ませて、

「いや、思ったより手強《てごわ》い奴《やつ》だった」

「で、どうなったの？」

「もうじき退散するだろう。しかし、奴を操っていた人間を、何とかしないとな」

「いったい誰のこと？」

と、エリカは訊いてから、すぐに思い当たった。

「そうか……。車からひとりで出ていった人ね！」

「その通りだ」

「本木さん？　まさか！」

「本当だ」

と、クロロックは言った。

「やれやれ。私だけがずぶ濡れだ。――これは不公平というものだな」

「諦《あきら》めなさい」

と、エリカは言った。

「本木はどこにいるのかしら？」

「失敗を悟《さと》っとるだろう。――病院へ急いで戻ろう。おい！　起きろ！」

と、クロロックが運転手を起こしてやると、

「助けて！」

と、運転手がわめいた。

「溺《おぼ》れる！　助け……」

「何が溺れるって？」

「あれ？」

運転手は、キョトンとして、

「確かに、ここでタバコをすってたら、水がワーッと……」

「きっと、タバコの嫌いな妖精《ようせい》でも出たんだろう。さ、病院へやってくれ」

「はあ……」

運転手は、首をひねりつつ、

「しかし――水がこうブワーッと……」

と、ブツブツ言いながら、運転席についたのだった……。


「お母さん」

病院の入り口で車を降りると、有子は、母と兄が病院へ入っていこうとしているのを見て、声をかけた。

「有子。どうしたの？」

「お母さんこそ……。どうしてここに?」

「病院から電話があったのよ。あの人の容体が悪いといって」

「家族の人は来てくれ、とさ。面倒な話だぜ」

と、知哉《ともや》が言った。

「本木さんが事件の張本人だったのよ」

と、有子は言った。

「何ですって?」

和世《かずよ》は目をみはって、

「あの電話の声……。本木さんだったのかもしれないわ」

と、言った。

「急ぎましょう」

エリカが促す。

病室のドアの前に、椅子《いす》を置いて、そこでみどりが頑張っていた。

「みどり! 何か変わったことは?」

「大丈夫! 一秒だって、ここから動いちゃいないわよ」

と、みどりが、力強くうけ合ったとたん、

「誰か来て!」

と、明美《あけみ》の叫び声が聞こえてきた。

「窓というものがある」

クロロックがドアを開けた。

「動くなよ」

と言ったのは、本木だった。

堀井《ほりい》のベッドのすぐわきに立って、ナイフを堀井の首筋へ、突きつけている。

「今、突然窓から——」

と、明美が言った。

「分かっとる」

クロロックが、ゆっくりと進み出て、

「もう諦めることだ。少しぐらい、呪《のろ》いだの霊の世界をかじったところで、どうにもならん。かえって自分が足をすくわれるぞ」

「大きなお世話だ！」

と、本木は言い返した。

「近づくと、こいつを殺すぞ！」

いつも、冷静が背広を着ているような男だけに、その変わりようは、怖くもあり、半《なか》ば奇妙でもあった。

「本木さん」

と、和世が言った。

「どういうことなの、これは?」

「あんたは何も分かっとらん」

と、クロロックは言った。

「これは、もともと、本木があんたのためにしたことなのだ」

「私のため?」

「この男は、あんたに惚《ほ》れていた。夢中だった」

「本木さんが?」

「そう。しかし、あんたには夫がいる。何の役にも立たん、影の薄い男だが、しかし、少なくとも、あんたの夫だ。——本木は、夫が死ねば、あんたを、いつか手に入れられると思った」

「本木さん……。それは本当なの?」

「——その通りです」

と、本木は言った。

「あなたは、私を頼りにしておられた。私もこのダメ亭主の何十倍——いや、何百倍も、あなたの役に立ったはずです。しかし、こいつが生きている限り、夫にはなれない……」

「直接手を下すのが怖かったので、水の霊を利用するという、妙なことを思いついた。もともと、好きだったのだろうな、おそらく」

「そうとも、充分に研究したんだ」

「しかし、生半可《なまはんか》な研究はけがのもとだぞ」

と、クロロックは言った。

エリカが、

「じゃ、明美さんを殺そうとしたのも、この人？」

と、父に訊いた。

「もちろんだ」

「どうして？」

「彼女と、堀井の妻とがやり合うのを見ていて、怖くなったのだ。嫉妬《しっと》から、夫のことを愛するようになるのではないか、と」

「ああ、そうか。——それで、明美さんがいなければ、と思ったのね」

「馬鹿なことをしたもんだ。あれですっかり犯人が分かってしまった」

「本木さん……」

と、和世が進み出て、

「そんなことはやめて！」

「もう何もかも終わりです」

本木は微笑《ほほえ》んで、

「しかし、こんな男を、あなたの夫の座につかせておくなんてことはできない！　この男を殺して、私も死ぬ。それで幕を引きます」

「やめて！　本木さん。私は主人のことを愛してるのよ」

と、和世が言った。

本木の顔が引きつった。

「嘘だ！」

「いいえ……。愛しているといっても、普通の夫婦のようではないわ。でも、やっぱりこの人の妻なのよ、私は」

明美が、青ざめた顔で、堀井と、和世とを見ていた。

「——それなら、なおさらだ！」

と、本木が叫ぶように言った。

「こいつと心中してやる！」

本木がナイフを握りしめる。

「やめろ！」

突然飛び出したのは、知哉だった。

誰もがびっくりして、一瞬、動けなかった。本木の手のナイフが、床へ落ちる。

クロロックが、エネルギーを飛ばして、叩き落としたのだ。

知哉が本木に飛びかかった。ふたりは床の上で取っ組み合った。

明美が素早くナイフを拾い上げると、和世のほうへ、

「これを――」

と、差し出した。

バシッと音がして、知哉のパンチで、本木はひっくり返ってしまった……。

「――つっぱってたのね」

と、有子が兄の肩に手をかけて、

「お父さんのことを、心配してたくせに」

「生気《せいき》のない親父に、見てても苛々《いらいら》してたのさ」

と、知哉は息を弾ませて、

「だけど――死ぬかもしれないと聞いた時に……。どんなに元気がなくても、生きてて
ほしい、と思ったんだ」

和世は、明美の手を取って、

「夫を、こんなに心配してくれて、ありがとう」

と言った。

「奥様――」

「主人が意識を取り戻したら、別れる相談をするわ。あの人の面倒を見てあげてくれる？」

「でも……」

「頼りない人だけど、それだけ、頼られることが必要なのかもしれないわ」

明美は、和世の手を、しっかりと握り返した……。

「さて、ハッピーエンドかな」

と、クロロックが言った。

その時、気を失っていると思った本木がパッと起き上がって、窓のほうへ走った。

「お父さん！」

と、エリカが追いかけようとする。

「放っとけ」

と、クロロックが言った。

本木の姿が、窓から消える。――と、ザブンと大きな水音が聞こえた。

「――この下に池なんか、あったか？」

と、知哉が言って、窓から下を覗いた。

「何もないぞ！　本木もいない！」

「お父さん……」

「うむ。自分の呼び出した水に捕まったな」

クロロックが首を振って、言った。

「だから素人《しろうと》は困るんだ」

――堀井が、低い声を上げて呻《うめ》いた。

「あなた」

と、和世が声をかける。

堀井は目を開けると、キョトンとして、

「ここが天国か？」

と言った。

有子が笑いだし、他の人々も、それに加わったのだった……。

エピローグ

「さあ、虎《とら》ちゃん、お風呂《ふろ》に入りましょうね……」

涼子《りょうこ》はご機嫌《きげん》で、口笛など吹きながら、バスルームへと歩いていった。

堀井有子《ほりいゆうこ》が、秘書をやめて、大学生に戻ったので、涼子としては、ひと安心なのである。

「――お父さんとしては残念でしょ」

と、エリカは言ってやった。

「そんなことはない。女は涼子ひとりいれば、充分だ」

「無理しちゃって」

と、エリカは笑った。

「あら、誰だろ」

チャイムが鳴って、エリカは玄関へ出ていった。

「――お父さん、明美《あけみ》さんよ」

明美が入ってきて、

「どうも、いろいろお世話になりました」

と、頭を下げる。

「堀井さんとはどうなったんですか？」

明美は、ちょっと目を伏せて、

「私——故郷へ帰ります」

と、言った。

「じゃ……」

「堀井さんは、奥様とやり直してみるそうですわ。そのほうがいいと私も思いますし」

「そう……」

「でも、私も若いんですから！　いくらでも恋もできます」

と、明美は、明るく笑って言った。

「それはいいことだ」

と、クロロックは肯《うなず》いて、

「人間、遠回りをしたほうが、いいものに出会うことがあるものだよ」

「いい経験でした」

と、明美は言った。

「あの泉の所へ行ってみたんですけど、もう跡形《あとかた》もなくなって……。放り込んだお金がいっぱい」

「そうか。拾いに行けば良かった」

「お父さん！」

と、エリカはにらんだ。

「あの、溺《おぼ》れた男の子はどうしたんでしょうか」

「元気になったはずだ」

と、クロロックは言った。

「しかし、ひとりは死んでおるからな。——人間のせいで、あの水の霊も、余計な罪を犯《おか》したものだ」

「堀井さんの家にとっては、良かったんですわ」

と、明美が言った。

「知哉《ともや》さんも、働いてみるといって、大学をやめるそうです。今さら勉強しても追いつかないって」

「ご主人も、もう少し仕事のできるポストへ回してもらえばいいのにね」

「知人の紹介で、ぜんぜん別の会社へ移るそうですわ。やっぱり奥様が社長じゃ、やりにくいでしょうし」

「なるほどね。やり方はいろいろあるのね」

と、エリカは感心して言った。

「うちじゃ、奥さんが社長兼王様だ」

と、クロロックが低い声で言ったので、エリカと明美は噴《ふ》き出してしまった。

「――あなた」

涼子の声がして、クロロックは飛び上がった。

「いや、今のは冗談だ！　冗談だぞ！」

エリカは振り向いて、びっくりした。

虎ノ介《とらのすけ》を抱いた涼子が、頭からずぶ濡れになって、立っているのだ。

「どうした！」

と、クロロックが青くなって、

「水の霊が出たのか？」

涼子は、ブルブルッと頭を振って、

「浴槽《よくそう》にお湯を入れてたら、虎ちゃんが、シャワーの栓《せん》をひねっちゃったの」

と、言った。

「ワア」

虎ちゃんが、やった、というように両手を上げた。

ある吸血鬼の肖像

古城

どうして……。

どうしてこんな所に来てしまったんだろう？　絹子《きぬこ》は、戸惑《とまど》いながら、ぼんやりと、その黒ずんだ石の壁を見上げていた。

いや――。どうして、といえば、それははっきりしている。絹子が、自由時間にこの辺りを散歩していて、この廃墟《はいきょ》を見かけ、興味を持って、やってきたのである。

しかし、いざ、その前までやってくると、絹子は奇妙な、めまいにも似た感覚に捉《とら》えられて、混乱してしまった。――どこかで、その崩れかけた城を見たことがある、という気がしたのである。

よほど有名な城――たとえば、よくカレンダーとかレコードのジャケットに写真がのっている、ロマンチック街道のノイシュバンシュタイン城とか、レマン湖のシオン城とかなら、本で写真を見るということもあって、現物が目の前に見えると、

「あ、これが絵ハガキの城だ」

とか思うこともあるだろう。

しかし、ずっとこの研修旅行についてきてくれているガイドさんも、この辺りに、有名な城がある、なんて言わなかった。もしバスの中で、そんな話が出ていれば、「古城」に目のない絹子は、絶対に聞き逃《のが》さなかっただろう。

それに——こうして、半《なか》ば崩れ落ちてしまった城壁の前まで来て、気づいたのは、「前に見たことがある」という感覚だった。この感覚は、ただ単に「見憶《みおぼ》えがある」というのとは違って、以前にこれとまったく同じように——自分がこの城壁の前に立って見上げていたことがある、という奇妙な確信みたいなものだ、ということだった。

でも——もちろん、本当にそんなことはなかったはずだ。だって、ヨーロッパに来たのはこれが初めてなんだし……。誰だって、行ったこともない所のことを、憶えていたりできっこないのだから。

絹子は頭を強く振った。——疲れているんだわ。いくら楽しい旅でも、やっぱり日本を遠く離れて、もう二週間近く、旅をしているのだから。

それに毎晩、友だちと遅くまでおしゃべりしていて、寝不足だし。だから妙なことを考えるんだわ。

城門のあった所は、ただポカンと口を開けて、誰も入る者がないので、退屈し切っているように見えた。

自由時間は十五分だけだった、ということを、絹子は思い出した。――ここまで歩いてくるのに、五分はかかっている。戻るにも五分。

それじゃ、中を見ていくような時間は、とてもない。

いつもの絹子だったら、約束の時間に遅れたりすることを、とても嫌う性格だったのだから、ここで諦《あきら》めて引き返したに違いないのだ。

しかし――なぜだか分からないが、絹子は、城門をくぐってしまった。ほんの少し、覗《のぞ》くだけだ、と自分に言いわけしながら。

城の中庭は、敷きつめてある石の隙間《すきま》から雑草が伸びて荒れ放題という様子。そして、奥の城館そのものは、ほとんど跡形《あとかた》もなく消えてしまって、残っているのは、わずかに土台と、何本かの石の柱だけだった。

これじゃ、いくら古いお城の好きな絹子でも、見るものがない。――絹子は、かえって少しホッとしたのだった。

もうバスに戻ろう。すぐに戻れば、時間に遅れずにすむ。

引き返そうとした時、それまできれいに晴れ上がり、きびしい夏の太陽が差していたのに、急に日がかげって、薄暗くなった。

風が――ひやっとする。冷たい風が中庭を吹き抜けていって、絹子はゾッとした。

もちろん、ヨーロッパの夏は、日本に比べると全体に涼しい。特に、この北ドイツ辺りでは。峠《とうげ》をバスで抜けた時には、雪が降っていたくらいである。

「さ、急ごうっと」

口に出して、そう呟《つぶや》いた時――急にバタバタッと音がして、何かが絹子のそばから飛び立った。びっくりした絹子は、

「キャッ！」

と、声を上げたが……。

鳥だ。ただの鳥。

びっくりすることなんかないんだわ。

胸をなでおろして、絹子は息を吐き出した。

それにしても、今の鳥は、どこから飛び出してきたんだろう？　どこか下、下のほう、からだったたみたいだけど……。

絹子は、初めて気がついた。――ほんの数メートルの所に、下へ下りる石段があって、重そうな木の扉が、見えていたのだ。

何かしら……。

こわごわ、その石段の一番上の段に立ってみると、どうやらそこが地下室への入り口――たぶん、昔のお城には必ずあった「納骨堂《のうこつどう》」だろうと思える。

一族の遺体をおさめた場所――あんまり気持ちのいい所じゃない。

いくら絹子が、古いお城が好きだといっても……。

でも……。こんな所へ来ることなんかめったにないだろうし——いえ、もう二度とないかもしれない。

だけど……。

絹子は、石段をゆっくりと下りていった。

固く閉じた扉は、石のように固い木でできていて、錆《さ》びついた鉄の枠《わく》がはめこまれていた。

もちろん、こんなものが開《あ》くわけがない。

行こう。——物好きなんだから、本当に。

石段を上がりかけた時だった。足元《あしもと》が、揺れた。

めまいがしたのかと思ったが、そうではない。

——地震？

確かに地震だった。——どうしよう！

一瞬、青くなった絹子だが、幸い、すぐに地震はおさまった。

「やれやれ、だわ……」

と、息をつくと、背後でギーッと何かのきしむ音がした。

振り向いて、絹子は目を疑った。あの固く閉じていた扉が開いている！

完全にではないが、人ひとり、充分に通れるくらいには、片方の扉が、開いていた。

今の地震で、どこかが外《はず》れるかどうかしたのかもしれない。

でも――もう行かなきゃ。

時間がない。こんな所を覗いている時間なんて……。

石段を下りて、絹子は、扉の中を覗き込んでいた。

埃《ほこり》が舞っていた。――小さな、細い隙間のような窓が天井《てんじょう》近くに開いていて、中は少し薄暗い程度で、充分に明るい。

やっぱり……。納骨堂だ。

ずいぶん広い部屋だった。学校の教室ひとつ分よりも広いだろう。

ズラッと石の台にのった棺《ひつぎ》が並んでいる。左右の壁には、棚《たな》がしつらえてあって、そこにも棺があったり、壺《つぼ》や箱が並んでいる。

枯れ葉が散らばった床は、土埃《つちぼこり》でおおわれていた。――絹子がゆっくりと歩いていくと、はっきりと足跡がつく。

棺は、覗ける高さに置かれていたのだが……。

別に見たかったわけじゃない。でも、見えてしまったのだ。

棺は蓋《ふた》が外れていた。そして中は、空っぽだった。

どういうことだろう？　誰かが、中の死体を持ち去ったのか？

足を進めていくと、どの棺も、全部、蓋がこじ開けてあり、中が空《から》になっているのが分かった。――やはり誰かが、この墓を荒らしたのだ。

何か学問的な研究とか、そんな目的で死体を持ち去ったのなら、こんなふうに棺をこわして開けたりしないだろう。

――ずいぶん奥まで来てしまって、絹子はハッと我《われ》に返った。

戻らなくちゃ！　こんな所にいたら、もし誰かが捜しに来ても、見つからない。

急いで、絹子は納骨堂を出ようとした。

その時――また、足元が揺れた。

「キャッ！」

と、思わず声を上げてしまうほど、大きな揺れだった。

そばの棺の台につかまる。天井がミシミシと、不気味な音をたてた。

揺れが止まった。――ホッと息を吐き出した時、納骨堂の一番奥のほうで、天井の石が落下した。

ズシン、と足元を揺るがす響きとともに、重い石が床に落ちて、砕《くだ》ける。絹子は、思わず首をすぼめてしまった。その衝撃で、また天井からバラバラと石や砂が落ちてくる。

崩《くず》れてくるんじゃないかしら？

一瞬、恐怖に足がすくんだが、幸い、それ以上は何事もなかったようだ。

目をやると、厚さが優に五十センチはある大きな四角い石が、いくつにも割れて、飛び散っている。——これでは凄《すご》い音がするはずだ。

それこそ、死人でも目を覚ましそうな、凄い音だった……。

あれは何だろう？——絹子は、天井にポッカリと穴が開いたので、そこから入ってくる光が、今まで、奥の暗がりに隠れていた物を照らし出すのを見て、眉《まゆ》を寄せた。

何か……。片隅のほうに白いものが、積み上げられている。

戻らなきゃ。——もう、みんなの所へ、行かなくては。

そう分かっていても、絹子は足が勝手にそれのほうへ進んでいくのを止められなかった。

数メートル手前の所で足を止めた時、絹子は自分が失神《しっしん》してしまわないのが、不思議だった。たぶん、あまりに想像もつかない光景だったので、実際に自分の目で見ていながら、それが本当のことだとは思えなかったのかもしれない……。

白く見えたのは、白骨《はっこつ》の山——いったい何人分か見当もつかない、人間の骨だった。

それがバラバラにされて、積み上げられている。

しかし——絹子の目を捉《とら》えて離さなかったのは、その白骨の山の真ん中に座っている、ものだった。

後ろの壁にもたれて、斜《なな》めに頭を落としている、それは——。

絹子は、別にクリスチャンでも何でもないのに、思わず十字を切っていた。

それは、ほとんど白骨化しかけた、ひからびたミイラだった。——おそらく、若い娘の。

若い娘、というのは、ボロボロになって灰色に汚れてはいるが、白いドレスらしきものをまとっているのが、今でもはっきりと分かるからだった。そして、たぶんかつては美しい金髪だったのだろうと思える髪が、今は赤茶けた色になって、しかし今も豊かに、その肩に落ちていた……。

なぜ、この娘は、こんな所にいたのだろう?

そう。——おそらく、何かの病気で仮死《かし》状態になり、死んだと思われて、この納骨堂へ入れられたのだ。

やがて目覚めた娘は、おそらく恐怖に髪を逆立《さかだ》てて、助けを呼んだのだろうが……。

なぜか、誰もそれに気づかなかった。

いや、何かの事情で、この城の人々は城を捨てて、立ち去っていたのかもしれない。

——やっと、というのも妙だが、恐怖が肌に迫ってきた絹子は、膝《ひざ》が震えだして、歯がガチガチ鳴った。

行こう。——早く出よう。こんな所からは一刻も早く……。

その白骨の山に背を向けて、やっとの思いで納骨堂の出口へと歩きだした。駆け出したいのに、足が思うように動かないのだ。
でも——ともかく、少しずつでも、出口は近づいてくる。そう。何百メートルもある
わけじゃないんだし。
そんなに時間はかからない。
すると——。
絹子は足を止めた。
今のは空耳《そらみみ》かしら？　何か音がしたようだったけど。でも——ネズミでもいたのだろ
うか？
ガサッと何かがこすれる音がした。
絹子は振り向いた。
そして、ポカンとして、立ちつくしてしまった。
——あの、ひからびたミイラが、立ち上がろうとしていた。
ゆっくりと頭をもたげ、壁によりかかりながら、じりじりと立とうとしている。膝や
腕にのっていた白骨が、バラバラと落ちる。
こんなこと……。
こんなことってあるの？
見えない糸か何かで、操《あやつ》ってるんだわ。きっと、そうだ。

だって――こんな馬鹿なこと、あるわけないじゃないの！

それが近づいてくるのを見つめながら、絹子は身動きできなかった。

ただの空洞となったふたつの目が、なぜか自分を見つめている、と絹子には感じられた。

棒のように細い足を引きずりながら、それは絹子のほうへ近づいてくる。

「やめて……」

絹子は、恐怖に目を見開いた。これは夢でも何でもない！　本当のことなんだ！

「誰か……。助けて！」

叫び声は納骨堂の中を駆けめぐったが、それを聞いているのは、空《から》の棺と、永遠に眠り続ける壺だけだった。

身の上相談

エリカはため息をついた。

そして、同じN大学の仲間、大月千代子《おおつきちよこ》、橋口《はしぐち》みどりも、ため息をついたのである。

みどりだけがため息をつくと、たいていは「お腹《なか》が空《す》いているから」なのだが、この場合は三人同時にため息をついたのだから、「胃袋」のほうとは関係はなかった。

それに、今、三人は大学に近いレストランで遅い昼食——というか早い夕食というか——を取っているところだった。いくら、食欲旺盛《おうせい》なみどりでも、食べている最中《さいちゅう》に、お腹が空いた、と嘆《なげ》いたりはしない。

——いつもの神代《かみしろ》エリカ、大月千代子、橋口みどりの三人に、今日はもうひとり、加わっていた。しかし、そのひとりは、目の前のスパゲッティが冷《さ》めていくのも気にならない様子で、グスグス泣いてばかりいたのである。

「まあね」

と、エリカは言った。

「今日子《きょうこ》の気持ちはよく分かるわよ。同情もする。だけど、今日子と彼との問題に、私たちが口を出しても、仕方ないんじゃないの？」

水上《みなかみ》今日子は、ギュッとハンカチを握りしめて、エリカを涙で濡れた目で見ると、

「私と彼との間に、問題なんて、ひとつもないわ！」

と、訴えかけるような声を上げた。

「私と彼は愛し合ってるのよ！」

「じゃ、いいじゃない。何も泣くことないでしょ」

と、千代子が言った。

「スパゲッティ、冷めるとおいしくないよ」

と、みどりが口を挟《はさ》んだが、水上今日子はまったく無視して、

「問題は、父なの」

「お父さんが、どうかしたの？」

「絶対に許さない、って言ってるのよ。――私、もうどうしていいのか分からなくなって」

グスン、と今日子はしゃくり上げる。

「今日子のお父さんって、確か、この前の文化祭の時にお目にかかった――」

「そう！　父はね、エリカのこと、凄《すご》くほめてるの。しっかりしてて、頭もいいし、人

間がとてもよくできてるって」

エリカは、ちょっと咳払《せきばら》いして、座り直したりした。

「お宅のお父さん、人を見る目があるのね」

今日子は、それを聞くと、ムッとした様子で、

「ぜんぜんよ！　何も分かってないわ」

今度はエリカがムッとして、

「それ、どういう意味？」

千代子とみどりが噴き出した。エリカは、ジロッとふたりのほうをにらんだ。

「だって、彼のこと、とんでもないできそこないだ、なんて言うんですもの。ひどいわ、本当に」

と、今日子のほうとしては、エリカを傷つけるつもりはなかったらしい。

「あ、なるほどね」

エリカも納得した。しかし——。

「それで、今日子、私にどうしてくれっていうの？」

「父に会って、話してほしいの」

「私が？」

「そう。エリカが話せば、父もきっと彼を違う目で見てくれるわ。私じゃだめなの。つ

い感情的になって、カーッとなるから」

確かに、血のつながった親子というのは、えてして喧嘩《けんか》になりやすい。しかし……。

「だって、私、今日子の彼氏って知らないのよ」

と、エリカは言った。

「知りもしない人のことを、推薦《すいせん》したりできないわ」

「そんなことないわ」

と、今日子は不思議そうな顔で言った。

「エリカだって、よく知ってるじゃないの」

「私が？　誰なのよ、いったい？」

「あら、私、彼のこと、言ってなかったたっけ？　ハハハ」

泣いたり笑ったり、忙しいことである。

「私、てっきり、『彼さん』って名なのかと思ってた」

と、千代子が冷やかした。

「畑中俊一《はたなかしゆんいち》君よ」

エリカ、千代子、みどりの三人は、一瞬、息が止まって、目を回して卒倒《そつとう》——まではしなかったが、それくらいびっくりしたのは事実だった。

だいたい、みどりが食べることを忘れて唖然《あぜん》としていた（皿の中に、食べるべきものがほとんど残っていなかった、ということもあるにせよ）のだから、大変なものである。

「――知ってるでしょ？」

と、今日子が、目をパチクリさせて言った。

知らないわけがない！

畑中俊一は、エリカたちの通っている大学の「名物」みたいなものである。食べて旨《うま》いかどうかは分からないが、ともかく成績も抜群に良く、かつスマートで、顔もいい、となれば……。

ま、これだけ揃《そろ》うと、「いや味」だと言う人間も出てくるだろうし、実際、エリカなどは、確かに魅力があるとは認めつつも、自分の好みじゃない、と思っていた。

それにしても……。

「今日子、いつから畑中君と付き合ってたの？」

と、千代子が訊《き》いた。

「半年ぐらいかな」

「よく噂《うわさ》にならなかったね」

と、エリカも、そのことにびっくりしていたのである。

「気をつけてたもん。それに、私って、誰と会ってても、不思議に何も言われないの、透明人間なのかなあ」

エリカも、今日子の言葉に、なるほどと思った。

確かに、今日子はどっちかというと、地味な子なのである。何人か女子大生が集まっていても、あまりパッと目に付かないし、それに割合人見知りでおとなしいので、静かである。

私と一緒でね、とエリカは思ったりしていた（ちなみに、作者も、とてもおとなしい）。

「今日子と畑中君か」

と、千代子は肯《うなず》いて、

「でも、悪くない取り合わせ」

「同感」

と、エリカも言った。

「で、お父さんは、畑中君のどこが気に入らないわけ？」

「それをはっきり言ってくれないから、困るの。ともかく、私を信じていればいいんだ、としか言わないの。それで納得しろってほうが無理じゃない？」

そりゃ確かにそうだ、とエリカも思った。

何といっても、今日子は大学生なのだ。

「今日子んとこって、確かお母さんが……」

「母は私が中学生の時、亡くなったわ。だから父としては、ひとりっ子の私のことが心配だっていうのは、私にも分かるわ。だけど……」

今日子の言いぶんはよく分かった。しかし、そういう話に口を出すと、最悪の場合両方から恨《うら》まれるだけで終わるということもあり得る。

エリカとしては、人の役に立ちたいと思いながら、一方では人に恨まれたくない、とも思っていた。とはいえ、

「——じゃ、エリカ、お願いね！」

と、言われて、エリカは、

「うん……。いいわよ」

と、答えるしかなかったのである。

「じゃ、頑張ってね、エリカ！」

と、みどりがエリカの肩をポンと叩く。

「そう！　今日子の一生は、エリカの肩にかかっているのだ！」

千代子までが、みどりと一緒になって、エリカを励《はげ》まし（というか冷やかし、というか）て、先にレストランを出ていってしまう。

ひとり、残ったエリカは、

「人のことだと思って！　みんな勝手なんだから」

と、ふくれっつらになった。

まあね。何かと頼りにされるのは、嬉《うれ》しくないわけでもない。全然頼りにされないよりはましである。

しかし――エリカとしては、もう大学生なのだし――恋人のひとりやふたり（もっと多くてもいいけど）、できたっていいのに、と思うのである。

それが、「他人の恋の仲介役《ちゆうかい》」じゃ、まるでお見合いをすすめるのを趣味にしてる、中年のおばさんみたいじゃないか！

いやだわ、まったく！

たまには、男の子から、

「あの――僕、エリカさんに憧《あこが》れてるんです！」

なんて、告白されてみたいもんだ……。

「あの――エリカさん」

「え？」

呼ばれて、エリカはびっくりした。

「ああ、何だ、北代《きたしろ》君」

同じゼミにいる、北代純一《じゆんいち》という学生である。ちょっとおとなし過ぎて、目立たないが、決して悪い子ではない。

エリカとも、時々おしゃべりぐらいすることはあったが、残念ながらこのふたりは「恋人」になることはなさそうだった。

北代純一には、ちゃんと決まった彼女がいたからである。

「どうしたの、北代君？」

「うん……。実はね」

と、北代は、少しためらってから、

「今、時間あるかな」

と、訊いた。

「私？　そうね。明日の朝までかかる、ってことでなきゃ大丈夫」

北代はホッとしたように笑って、今まで今日子の座っていた席に腰をおろした。

エリカがひとりでここに残っていたのは、夕食を少し遅目に、父と一緒に取ることになっていたからで、とてもそれまではお腹がもたないので、ここで軽く「中間食」を取った、というわけだった。

エリカの父、フォン・クロロックは、読者もご承知のとおり、吸血族の血を引く、「由緒《ゆいしょ》正しい吸血鬼」。エリカは、そのフォン・クロロックと、日本人の母の間に生まれた、ハーフである。

フォン・クロロックは、目下《もつか》、クロロック商会の雇われ社長。――いばってはいるが、なに、たいして金もないから、

「今夜は、会社の交際費でおごってやる」

と、胸を張ったりする始末。

何といっても、財布は若き後妻、涼子《りょうこ》に握られているので、いつもこづかいが足りなくてピーピー言っている。吸血鬼としては、いささか情けない話である。

しかし、エリカよりひとつ年下の、涼子との間には、虎ノ介《とらのすけ》という赤ん坊までいて、ブツブツ言いつつも、クロロックは、いたって幸せなのであった……。

「実はエリカさんに話があるんだ」

と、北代は言いだした。

「じゃ、シャーベットおごって。それで聞いてあげる」

「うん、いいよ、もちろん」

こんなふうに、相手に妙な気をつかわせないようにするところが、エリカの、「頼られる」理由のひとつかもしれない。

「――それで？」

と、エリカはシャーベットをなめつつ言った。

「実はね……。困ってるんだ」

北代はため息のつき方が、あまりに今日子のそれと似ているので、エリカはドキッとした。

やめてよ！　冗談じゃないわよ。彼女のお父さんに反対されてるから、何とかしてくれなんて言わないでよね！

「彼女のこと？」

「うん、そうなんだ」

北代は、椅子《いす》に座り直して、

「エリカさんって、いろいろ人生経験が豊富だろ？　だから、彼女がいったいどうしちまったのか、教えてくれないかな」

「ちょっと――ちょっと待ってよ」

と、エリカは少し顔をしかめてみせて、

「私ね、北代君と同じ大学生なのよ。どうしてその私が人生経験豊富なのよ」

「でも、みんな言ってるよ」

「何だって言ってるの？」

「エリカさんが男嫌いになったのは、散々《さんざん》、男と恋をして、うんざりしたからだろう、って」

エリカは唖然《あぜん》とした。――いつの間に、「男にうんざり」したり、「男嫌い」になったんだろう?

これじゃ、もてないわけだ……。

「何か、僕、悪いこと言ったかなあ……」

と、北代が心配そうに言った。

「いいのよ」

と、今度はエリカがため息をついて、

「人生ってはかないのね、と思っただけだから」

と言ったのだった……。

変わった恋人

「彼女の名は、斉田絹子《さいだきぬこ》といいます」

と、北代《きたしろ》は言った。

「なかなか可愛《かわい》い子で、高校のころからの付き合いです。僕とは、初めから気も合って、高校の時にも、みんなから、似合いのカップルだ、なんて言われたもんです」

「絹子さんが魅力的なことは、よく分かってるわよ」

と、エリカが言った。

「それより、彼女がどう『おかしい』のか、話してみて」

「はあ……」

と、北代は咳払《せきばら》いをして、

「あの……すみません、晩ご飯までおごっていただいて」

「いや、なに」

ぐっと胸を張ったのは、エリカの父、フォン・クロロック。

「エリカとふたりのために取っておいた交際費を三つに割って、料理の品数《しなかず》を減らしたから、心配することはない」

ケチなこと言って！　――エリカはいささか赤面《せきめん》した。

「確か、この間、絹子さん、西洋史の研修旅行で、ヨーロッパへ行ったのよね」

と、エリカが促《うなが》すように言った。

「そうです。絹子は、ちょっと変わったことに興味を持ってて。僕とはゼミが違うんで、直接は知らないんですけど、よく彼女と同じゼミの子が、『絹子って、どうしてあんな気味の悪いもんばっかり好きなの？』って僕に訊《き》くんです」

「気味が悪い、というと？　ゴキブリとか？」

と、クロロックが訊いて、エリカにけっとばされた。

「つまり――僕もよく知らないんですけど、ヨーロッパに伝わる、吸血鬼だとか、狼《おおかみ》つきだとかのことを、一生懸命《けんめい》、研究しているんです」

「ほう！　それは感心。いや、ちっとも気味悪くなんかないぞ。吸血鬼ほど、楽しい商売はない」

「お父さん」

と、エリカはにらんで、

「それじゃ、その研修旅行も、そういうテーマで？」

「いえ、旅行そのものは宗教遺跡《いせき》を回るものだったそうですが、ともかく彼女、お墓とか、その——何ていうんだろ、骨をしまっとくところ……」

「納骨堂《のうこつどう》ね」

「そうそう。そういう所に行くと、目を輝かせて写真を撮《と》ったりしてたらしい。ところが……」

「どうしたの？」

北代は心配そうだったが、その一方で、出てくる料理を、真っ先に食べてしまっていた。

「研修から帰って、どうも様子がおかしいんです。まるで——別の人間になっちゃったみたいで」

クロロックが、チラッとエリカのほうを見た。エリカは、北代の話を聞いて、父に聞かせようと思ったのである。

「別の人間になった、というのは、どういうことかな？」

と、クロロックは訊いた。

「ええ、実は彼女が旅行から帰って、すぐ、ちょうど彼女の誕生日だったんです」

と、北代は言った。

「それで、ふたりで食事しようってことになって、まあ、僕も多少はり込んで、フランス料理のレストランへ。——ま、ランチタイムの安い時に行ったんですけど」

「それは立派だ。私など、誕生日でも女房は何もしてくれん」

と、クロロックは妙なところでグチをこぼしている。

「で、食事の時に——」


いやに元気がないな、彼女、とは思っていた。北代としては、だいぶ前から今日のプランを考えていたのだ。

それが……。食事していても、何となく、心ここにあらず、という感じなのである。

「ね、じゃ、ここで渡しちゃおうかな」

と、メインの料理がすんだところで、北代は、リボンをかけた箱を、絹子の前に置いた。

本当は、この後、ふたりきりになってから、渡すつもりだったのだが。

絹子は、ポカンとして、

「——これ、何？」

と、訊いた。

「プレゼントさ、君の誕生日の」

「誕生日？——今日、私の誕生日？」

冗談で言っているわけでもないらしい。

北代は面食らってしまったが、絹子のほうもさすがに悪いと思ったのか、

「ごめんなさい。まだ時差ぼけで、ぼんやりしてるのよ」

と、言った。

「そうだね。疲れただろ？」

ホッとして、北代は言った。

「ええ……。待ちくたびれたわ」

「待つって——何を？」

「別に」

と、絹子は首を振った。

「ありがとう。何かしら、これ？」

「開けてみていいよ」

絹子は、リボンを外《はず》し、包み紙をていねいに取った。——へえ、と北代は思った。

いつもの絹子なら、ビリビリと破っちゃうところだ。

箱を開けた絹子は、中からビロードのケースを取り出した。

「これは……」

「いつか君がほしがってた指環《ゆびわ》だよ」

と、北代は言った。

「高かったんだぜ」

正直な発言だった。

「そう……。きれいね」

まるで初めて見る、という様子で、その指環を眺めている。

北代は、少し不安になって、

「違ってたかなあ？　確か、それだと思って……」

「ありがとう。お気持ちは嬉《うれ》しいわ」

「え？」

北代は面食らってしまった。絹子がこんな言葉づかいをするのなんて、聞いたことがない。

「でも、これ、受け取れないわ」

と、絹子は、ケースを北代の前に置いた。

「受け取れない、って……。どうして？」

北代は呆気《あつけ》に取られていた。こんなことを言われるくらいだったら、

「何だ、それなら、私、別のが良かったのに！」

とでも言われたほうが良かっただろう。

「私、あなたと結婚できるかどうか、分からないもの、まだ」

と、絹子が言った。

北代はますますわけが分からなくなって、

「ねえ、これは——そういう意味じゃないよ。ただの、ファッションリングじゃないか。そんな——結婚とか何とかいうわけじゃなくて……」

すると、絹子の顔が、サッと青ざめた。そして、じっと北代を見つめると、

「女に指環を贈っておいて、そんなつもりじゃない、と言うのね」

と、低いが、凄味《すごみ》のある声で言ったのである。

「だって——」

「男はみんなそうだわ」

と、絹子は言った。

「何の話だい？」

「女の信じている心をめちゃくちゃにして、踏みにじって、逃げていくのね」

「おい、何言ってるんだよ！　僕は——」

「分かってるのよ」

絹子は、テーブルに静かに両手をのせた。その、じっと北代をにらむ目の暗い輝きは、北代が身震いして、動けなくなるほど、深い憎しみを感じさせた。

何か言いたくても、言葉が出てこない。北代は、息が苦しくなって、思わずワイシャツの首まわりを指でゆるめていた。

「——デザートでございます」

ウエイターの声がした。

絹子は、ハッと目を覚ましたように見えた。

——それまで眠っていたというわけではないのに、北代にはそう見えたのだ。

「どうも」

と、絹子は、穏やかな声で言って、スプーンを手に取ると、シャーベットを食べ始めた。

北代は、ポカンとして、目の前のシャーベットが溶けていくのを、見ているだけだった……。

「——その後で、僕は、絹子と一緒に研修旅行に行っていた女の子と話をしたんです」

と、北代は言った。

「彼女に何かあったとしたら、旅行中だろう、と思ったからです」

「それで、何か分かったの？」

エリカは、北代の話を聞きながら、しっかり食事のほうも完璧《かんぺき》に空《から》にしていた。

ま、その点は、三人とも同様だった。——みどりがいなかったのが、この場面には少し物足りなかったかもしれないが。

「その子の話では、特別、向こうで絹子が誰かと知り合ったとかいうことはなかったそうです。ただ、一度だけ、絹子がいなくなって、みんなで大騒ぎをして、捜し回ったことがあるというので……」

「いなくなった？」

「バスで移動していて、途中、十五分ほど休憩があったらしいんですが、その時、絹子は遠くに見えた古い廃墟《はいきょ》のような城のほうを見に行ったんだそうです。ひとりで、すぐ戻るから、と言って」

「ふむ、それで？」

クロロック、「古い城」と聞いて、急に関心が出てきたようで、ぐっと身をのり出した。デザートを食べ終わったせいかもしれなかったが。

「ところが、絹子がさっぱり帰ってこなくて、バスの出発時間になっても姿が見えないので、みんなが騒ぎ始めたんです。——これはまあ、絹子のこと、よく知ってると分かるんですけど、ともかく彼女、約束の時間とかには、ものすごくうるさいんですよ。一度なんか、僕が待ち合わせに五分遅れていったら、一週間、口をきいてくれなかったくらいですから」

「凄い！　でも、その噂、聞いたことあるわ、私も」

「集合時間に遅れるなんて、絶対に考えられませんからね。——きっと何かあったんだというので、大騒ぎになって、そのうち、ひとりの子が、絹子があの古いお城のほうへ歩いてった、と思い出したんです。でも、いくら自分の興味のあるものを見つけたとしても、時間に遅れるよりは、そっちのほうをやめるのが絹子ですから、これはやっぱり何かあったのに違いない、というんで、先生と、ガイド、それに男子学生が三、四人で、その城へ駆けていったんです」

「彼女はいたの？」

「城の、崩《くず》れかけた城門の所から、絹子がフラッと出てくるのに出会ったんだって。——もちろん、見つかってホッとはしたけど……」

「そのときは、どんな様子だったのだ？」

と、クロロックは訊いた。

「さあ……。僕が話を聞いた女の子はバスで待ってたわけですけど、連れてこられた絹子は、何だかボーッとして、何を話しかけても、しばらく返事をしなかったそうです」

「でも——何ともなかったんでしょ？」

と、エリカが、少しためらいがちに訊く。

「うん。先生も心配してね。その——男に襲われたんじゃないか、って。女子学生に、よく気をつけて見てくれ、って耳打ちしたんだ。でも、別に服も乱れてないし、後でシャワーを浴びる時とかに見ても、そんな様子はまったくなかったって」

「それならいいけど……」

エリカはホッとした。

しかし、クロロックのほうは、というと、逆に、いつになく難しい顔になって、考え込んでいる。エリカが心配して、

「お父さん、どうしたの？」

「うむ。——ちょっとな」

「食べ過ぎて苦しいの？」

クロロックは、咳払いをした。——ここまで「悩み少ない人生」だと思われては、立場がない。

「その娘を捜しに行った者たちは、その古城の中へ入らなかったのだな？」

「え？——ええ。たぶん、そうだと思います。訊いていませんけど」

「残念だな！　城の中の様子が、少しでも分かっておれば」

「あの……。何か、彼女のことと、関係が？」

クロロックは、それには答えず、

「同行した友人たちは、その娘の様子が変わったことに気づいたのかね？」

「そうですね。何だか元気がなくなって、無口になった、とは思ったようです。でも、何しろ旅行もそろそろ終わり近くで、みんなくたびれていたし、たいして気にしなかったようです」

「なるほど」

と、クロロックは肯《うなず》いた。

「お父さん、何か考えがあるの?」

と、エリカは訊いた。

「うむ。——一度その娘に会ってみたいものだな」

「そうしてもらえますか」

と、北代はホッとした様子で、

「今度、連れてきますけど……」

「いつでも、連絡してくれたまえ」

クロロックは、胸を張って、

「力になろう。——しかし、そう何度も交際費は余《あま》らんので、次の時は、もう少し安い店にしよう」

と、付け加えたのだった……。

モニターの悲鳴

「──お父さん」

と、今日子《きょうこ》は言った。

「神代《かみしろ》エリカさんよ。憶《おぼ》えてるでしょ」

水上雄造《みなかみゆうぞう》は、いかにも押し出しのいい、堂々とした紳士だった。といって、決して体が大きいというだけではない。

知的な雰囲気《ふんいき》も持っているし、英国製のスーツがピタリと決まる、なかなか魅力のある初老の紳士なのである。

「やあ、これはこれは」

と、水上雄造はエリカに笑いかけた。

「よく憶えてますよ。いや、うちの今日子がいつもご厄介《やっかい》をかけて」

「いいえ、とんでもない」

と、エリカはいささか緊張して、頭を下げた。

何といっても、ただ挨拶《あいさつ》をしに来たわけではない。今日子に頼まれて、畑中俊一《はたなかしゆんいち》と
のことについて、話をしに来たのだ。

「——まあ、かけなさい」

と、水上はエリカに椅子《いす》をすすめた。

「こんな所で申し訳ない。——ちょっと事情があってね」

「ここは何ですか？」

エリカも、少々当惑《とうわく》していた。

水上が社長を務める会社のビルの中なのだが、もう時間は夜の九時過ぎ、もちろん、
ビルの中には、もう誰も残っていないようだった。

エリカが通されたのは、何だかＴＶ局の中みたいな……。調整卓や、モニターＴＶの
並んだ、狭《せま》苦しい部屋だった。

「ここは社内のスタジオの調整室でね」

と、水上は言って、ボタンのひとつを押した。

モニターＴＶが一斉《いつせい》に画《え》を映し出す。

「こんな所があったの」

と、今日子は目を丸くしている。

「社内の研修用のビデオを作ったり、講演を頼んで、カメラの前でしゃべってもらった

りしている。自社のCFも、簡単なものは、ここで作っている」

「知らなかった……」

と、今日子はポカンとして眺めていた。

「――水上さん」

と、エリカは言った。

「どうしてここに私たちを連れてこられたんですか？」

水上はニヤリと笑って、

「話をするのに、便利だからね」

「ここが？」

「そう。特に、娘の恋人についての話のような、微妙な話の時には」

ちゃんと分かっているのだ。

「それじゃ、話が早いですね」

エリカも、妙な前置きがいらなくなって、ホッとした。

「畑中俊一君と、今日子さんのこと、反対なさってるそうですね」

「そのとおり」

「きっと、何かわけがあってのことだと思うんですけれど、今日子さんとしては、何の説明もなしに、ただ頭からだめだと言われても、納得できないということなんです。それは私も同感です。——もちろん、水上さんからご覧になったら、私たちなんか、危なっかしくて、何も分かってない子供かもしれませんけど、水上さんも、昔は同じ年代だったことがあるんですから、お分かりだと思います。私たちは、もう子供じゃないんですから」

エリカは、自分もびっくりするぐらい、スラスラと言葉が出てくる。自分の時も、こんなにしゃべれるといいのにね、などと考えていた。

「君の話はよく分かる」

と、水上は肯《うなず》いた。

「私も、娘に近づく男は片っぱしからけとばしてやろう、というような頑固者《がんこもの》ではないつもりだよ」

「ええ、それはそうだと思います」

「もちろん、今日子は私のひとり娘だ。手放したくないのは事実だし、どんなにすばらしい恋人ができても、内心では『この野郎』と思うだろうな」

と、水上はちょっと笑って、

「しかし、問題は、畑中という男の子だ」

「畑中君のどこがいけないのよ！」

と、今日子はくってかかる。

「今日子、落ちついて」

エリカはなだめた。

「私に任《まか》せて。——分かった？」

今日子は渋々《しぶしぶ》黙った。

「もちろん、私も、欠点のない人間がいないことは知っている」

と水上が言った。

「畑中という男の子にも、欠点はあるだろう。しかし、問題は誠実さだ。そうじゃないかね？」

「そう思います」

「本当に今日子のことを愛していて、大事にしてくれるのなら……。もちろん、まだ若すぎるとしても、ふたりが愛を育てていくのを邪魔《じやま》する気はない」

「でも——」

「まあ、見てくれないか」

と、言って、水上は、ボタンを押した。

すると——モニターの画面に、どこかの応接間らしい場所が映った。

「畑中君だわ」

と、今日子が、目を丸くした。

「お父さん、これは――」

「二階の小スタジオの一部に、応接間を臨時にこしらえたのだ。彼はつい十分ほど前に来たばかりだよ」

と、水上は言った。

「畑中君をどうするの？」

「見ていれば分かる」

――畑中は、TVカメラに映されていることにまったく気づいていない様子だった。

落ちつかないようで、ソファから立って、キョロキョロ見回したり、またドスンと腰をおろしたりしている。

まあ、確かにこんな時間に、空《から》っぽのビルの一部屋に呼び出されたら、落ちつかないだろう。

すると――そこへ誰かが現れた。

「――失礼」

と、その黒っぽい背広の男が畑中に声をかけるのが、スピーカーから聞こえてくる。

「は、はい！」

畑中が飛び上がりそうになった。

「待たせて悪かったね」

メガネをかけた、その男は、畑中と向かい合って座ると、黒いブリーフケースを間のテーブルに置いた。

「私は弁護士で、水上さんの代理だ。伊東《いとう》というんだ。君が畑中俊一君だね」

「そうです。あの――」

「話は手短にすませよう」

と、伊東という弁護士は、ブリーフケースを、開けた。

畑中が仰天《ぎようてん》したように、

「何です、これ？」

「お金だよ。見たことがないのかね？」

「いえ、もちろん、それは分かってますけど……」

「ここに一千万円ある」

「一千万？」

「これを持って帰ってもいい。ただし、君が今日子さんと二度と会わないと約束し、大学もやめて姿を消してくれれば、だ」

モニターを見ていた今日子が、顔をこわばらせた。

「お父さん！　何て卑劣《ひれつ》なことをするの！」

「まあ、見ていろ」

と、水上は、落ちつき払っている。

「——冗談じゃありませんよ」

と、畑中は憤然《ふんぜん》として、

「今日子と僕のことを、金で別れさせようなんて！　水上さんは、何も分かってない。こんなお金は一円だって受け取れません」

今日子が顔を紅潮《こうちょう》させて、

「聞いた？」

と、父親を見る。

「ああ、聞いている」

と、水上は、相変わらず、のんびりと肯いた。

「なるほど」

と、伊東が、言った。

「すると、この金では不足だと？」

「そんなこと言ってるんじゃありません。僕は今日子を諦《あきら》めるつもりなんか、これっぽっちもないんですから」

「なるほど」

と、伊東はくり返した。

「しかし――いいのかな、この金を突っ返したりして」

「どうしてです？」

「君の借金は八百万と少しにのぼっているはずだ。これがないと、困ったことになるんじゃないのかね」

畑中がギョッとしたのがモニターでも分かる。

「車を買って、その月賦《げっぷ》をため込んでいるね。相手は告訴《こくそ》してもいい、と言ってるが」

「それは――」

「それに、喫茶店のウエイトレスのことは、どうする？」

「何ですって？」

「確か、名前は邦江《くにえ》とかいったね。君が遊び相手にして、妊娠させてしまった」

「そ、そんなこと――」

「子供をおろすのにかかった費用も払っていない。それに、彼女の父親が、訴えると言ってるはずだ」

「あれは……。あれは向こうが悪いんだ！　こっちは騙《だま》されたんだ。あいつの親父《おやじ》がやくざだったなんて……」

「いずれにしても、君は、かなり困ってるんじゃないかね」

と、伊東は言った。

「強がりを言っていないで、この金を取って、消えるんだね」

「でも……」

「これだけのことが分かってしまえば、今日子さんも君を見る目が変わると思うよ。そうなれば、君は金も今日子さんも、両方失うことになる」

畑中は、汗をかいたのか、ハンカチを出して顔を拭《ぬぐ》っている。

「――さあ、どうするね？」

と、伊東が言った。

「分かりました」

と、畑中は言った。

「その金、いただきます」

「車の代金は、ちゃんと払ったほうがいいよ。警察に追い回されることになりかねないからな」

畑中は黙っていた。伊東はバタンとケースを閉じて、

「じゃ、このケースも、おまけとして進呈しよう。――では、失礼」

伊東が画面から切れる。

――しばらく、誰も口を聞かなかった。

今日子が、ゆっくりと立ち上がった。

「今日子……」

と、エリカが言いかける。

「ひどいわ！」

と、今日子は涙声で言った。

「お父さんなんて——人間じゃない！」

今日子は、部屋を飛び出していってしまった。エリカは、ちょっと息をついて、

「水上さんが畑中君のことをだめだとおっしゃった理由は分かりました。でも、あんな場面を今日子さんに見せつける必要が、あったんですか？」

水上は、深く顔にしわを刻んで、モニターに映る畑中を見ていた。畑中はケースの中の金を手に取って、うきうきした様子で眺めている。

「——娘に教えてやりたかったんだよ」

と、水上は言った。

「男というものが、いかに信じられないものかをね。これで、今日子も、男に騙されなくなるだろう」

「そうかもしれませんけど……」

と、エリカは釈然《しやくぜん》としない。

「でも、人を信じられないというのは、悲しいものじゃありませんか」

「かもしれんね。しかし、裏切られるのに比べれば――」

と、水上が言いかけた時、

「誰だ？」

と、畑中の声がした。

誰かが、畑中のそばにいるのだ。しかし、カメラの視野には入っていないので、誰なのかは分からなかった。

「――何だ、君か」

畑中は、不思議そうに、

「何してるんだ、こんな所で？」

あの話し方は――今日子が駆けつけたのではない。もし今日子なら、畑中が金をあわてて隠すはずだ。

「――え？　何だって？」

畑中が、その「誰か」のほうへ歩いていって、画面から消えた。

「誰か、他にも呼んだんですか」

と、エリカは訊《き》いた。

「いや、呼んでいない」

水上は首を振って、

「もうこのビルには、人は残っていないはずだが」

エリカは奇妙な不安がふくれ上がってくるのを感じて、ゆっくりと立ち上がった。

すると――ギャーッと凄《すご》い悲鳴が、スピーカーから飛び出してきた。

「何だ、あれは？」

水上が目を見開く。

「今日子さん、あそこへ向かってるんだわ！　あそこは二階のどの辺なんですか？」

「二階の廊下の一番奥の――」

「急がないと！」

エリカは部屋を飛び出した。

何しろ、この部屋は、大きなスタジオのある十階に作られている。

二階！　エレベーターは？

エリカはエレベーターの所まで、駆けていった。ちょうど扉が閉じたところで、エレベーターが下りていく。〈4〉〈3〉〈2〉……。

今日子が、二階へ下りていったのだ！

エリカは、階段へと駆けていった。

そして、猛スピードで階段を駆け下りていく……。

死の匂い

エリカは、ほとんど飛ぶような勢いで、二階へ下りてくると、空っぽの廊下《ろうか》を見回した。

二階の奥？　――どっちの奥だ？

壁に、〈小スタジオ〉という矢印がある。

エリカは、その方向へと走った。――何か起こったのだ。恐ろしいことが。

スタジオが見えた。扉が開いている。

エリカは足を止め、息を弾《はず》ませながら、中の様子をうかがった。

ゾクゾクと背筋《せすじ》を走るものがある。

血の匂《にお》い。――それも、凄《すご》い匂いだ。

何てこと！　もしかして今日子《きょうこ》が……。

エリカは、小スタジオの中へと入っていった。

奇妙な匂いが、血の匂いに混じってかすかに鼻をついた。――何だろう？

んだけど。

こんな時、お父さんがいればね。――匂いだけで、おかずを全部言い当てるぐらいなんだけど。

スタジオの明かりは消えてしまっていた。

エリカは、頭を低くし、油断なく目をこらした。人間よりも暗がりに目のきくエリカだが、やはりこう真っ暗では――。

サッと何かが動いた。エリカはそっちへ動こうとして――何かにつまずいていた。

「――今日子！」

今日子が倒れている。エリカがかがみ込んで抱き上げると、何かが風のように、スタジオから出ていった。

追いかけるよりも、今日子のほうだ。

エリカは、明かりのスイッチを探して、押した。やっと、小スタジオの中が明るくなる。

「今日子……。大丈夫？」

今日子は気を失っていた。しかし、見たところ、けがはないようだ。

そう。――畑中《はたなか》は？

エリカは、今日子をそっと寝かせて、あのモニターに映っていた、応接間のセットのほうへと歩いていった。

——血が、まるで池のように広がっている。

エリカは立ちすくんだ。

畑中は、床に、投げ捨てられたように、倒れていた。いや——たぶん畑中だろう。

すぐにそれが畑中だと断言できなかったのは……その死体に、首がなかったからだった……。


「——凄い！」

と、みどりは興奮の体《てい》で、

「見たかった！」

「よしなさいよ」

と、千代子《ちよこ》が顔をしかめて、

「首なし死体なんて、面白くも何ともないじゃない。みどり、気絶するかもよ」

「気絶してみたかった！」

と、みどりは変なことに憧《あこが》れている。

「それにしてもねえ……」

と、涼子《りようこ》が紅茶を出してくれる。

「大学生ぐらいで死んじゃうなんて……。親はたまらないわね」

「それもあんなひどい……」

と、エリカが首を振った。

「凄い力だって、警察の人が」

「そうでしょうね。虎《とら》ちゃんはよくお人形の首を引っこ抜いているけど」

だいぶ、話が違う。

「——お父さんは？」

と、エリカが訊《き》くと、

「会社よ。今日は珍しく時間どおりに帰ってくるって」

と、涼子が言った。

虎ちゃんが、パーティーに加わろうと、ヨチヨチ歩きでやってきた。

「ああ、来た！　だめよ！　これはお姉ちゃんのだからね！　あげないからね！」

とみどりが、クッキーをかかえ込む。

「ワァ！」

虎之介《とらのすけ》、怒っている。

「みどり、よしなよ。赤ん坊相手に、みっともない」

と、千代子が呆《あき》れて言うと、

「何言ってんの！　赤ちゃんが太りすぎないように、という親心……」

「どうだか」

「あっ！　こら、かじるな！」

と、みどりが飛び上がった。

「あーあ。またスカート、かじられた」

エリカが噴き出して、

「さっさとクッキーをあげときゃいいのよ」

「まったくもう……」

と、みどりは渋い顔だが、何といっても赤ちゃんは可愛《かわい》いのだ。本気で怒れやしないのである。

「——エリカのお父さん、のんきそうだけど、やっぱり社長さんだけあって、忙しいのね」

と、千代子が言った。

「どうして？」

「だって、今日は珍しく時間どおりに帰る、って……」

「そう。いつも、何かと口実《こうじつ》つけて、五時になる前に帰っちゃうの。今日は珍しく五時まで会社にいるみたいね」

——千代子は、大学を出ても、決してクロロックの会社へは入るまい、と思った。きっとすぐに潰《つぶ》れるだろうから……。

「で、畑中君の首ってのは見つかったの？」

と、みどりが訊いた。

「うん。投げ捨てられてたの。そのスタジオの隅のほうにね」

「へえ。――でも、死んだ人のことを悪く言いたかないけど、畑中君ってのも、ずいぶんひどい奴《やっ》だったのね」

「今日子は二重のショック。畑中君に裏切られ、しかも目の前に首なし死体を見せられてね」

「じゃ、今日子は？」

「入院してるわ。別に、けがとかがあるわけじゃなくて、ただショックでぼんやりしてるの」

「分かるわ」

と千代子が肯《うなず》いて、

「男なんて薄情《はくじょう》なのよね」

エリカがびっくりして、

「千代子、経験があるの？」

「分かってるから、経験しないことにしてるの」

と、千代子はわけの分からないことを言いだした……。

そこへ、

「――今帰ったぞ！」

と、声高らかに、クロロックが入ってくると、パッとマントを広げて、

「おお、我《わ》が愛《いと》しの妻よ！」

と、涼子にチュッとキスをしてから、今度は、雑誌のページをせっせと破いている虎ノ介に向いて、

「可愛い虎ちゃん！　ご機嫌《きげん》はいかがかな？」

と、駆け寄って抱き上げ、チュッチュ、とキスをした。

虎ノ介がキャアキャア声を上げて、喜んでいる。

「――あなた、エリカさんのお友だちが」

と、涼子は真っ赤になっている。

「そうか。いや、愛の表現は何も恥ずかしいことではない」

そりゃまあね……。

しかし、エリカとしては、やはり少々（？）照れくさい。

「あの、奥のほうでやってくれる？」

と、父に言った。

「そうか。それもそうだ。恋人もいないエリカの目には毒だな。分かった。涼子、おいで」

「あなた――」

涼子と肩を抱き合って奥へ消えてしまう。

――どうだろね、まったく！

エリカは頭にきてしまった。

「いつもああなの？」

と、千代子が訊いた。

「まあね。たいてい似たようなもんよ」

「そう……」

千代子は、やっぱりクロロックの会社へ入るのはやめよう、と思った……。

「事件のことは聞いた」

と、クロロックが肯く。

幸い夕食は予定どおりの時間に始まり、遊びに来ていた千代子とみどりは帰っていたので、和《なご》やかな（？）食卓になった。

「ひどいでしょ。何か、思いあたることはある？」

「人間の首をねじ切るなどというのは、人間業《わざ》ではない。まあ、これは一種の超自然の力が働いていると見たほうが良さそうだな」

「超自然の？　それじゃ、フランケンシュタインの怪物とか……」

「よくは分からんが。――エリカ、お前はそいつと出くわしたのだろう」

「ぜんぜん見えなかったの。今日子のほうが気になってね。かすかな物音を聞いただけ」

「何か、気がついたことはなかったのか？」

「そうねえ……」

と、エリカは考え込んでいたが。

「そうだわ。――虎ちゃん、そんなにいっぺんに口に入れても大丈夫なの？」

こういう家庭では、知的会話にも、どうしても、「いい子、いい子」などという「合《あい》の手」が入るのである。

「匂《にお》いがしたわ」

「何の匂いだ？」

「それが――よく分からなかったの。何といっても、血の匂いがあんまり強烈で」

「それは残念。私がそこに居合わせればな」

「そうね。お父さんなら、匂いをかぎ分けたかもしれないわ」

「うむ……」

　クロロックは鼻をヒクヒクと動かすと、

「涼子、虎ちゃん、オムツだ」

「はいはい。どっち？」

「オシッコだな、この匂いは」

　吸血族特有の、鋭い鼻も、妙なところで役立っているのである。

「――ひとつ、行ってみるか」

　と、食事を終えると、クロロックが言った。

「どこへ？」

「決まっとる。現場へだ」

「でも――もう片づいちゃってるよ」

「匂いは残るものだ。私の鼻なら……」

「そうか。じゃ、行ってみる？」

　涼子が、

「あなた」

　と、釘《くぎ》を刺すように言った。

「虎ちゃんをお風呂《ふろ》へ入れる時間には帰ってきてね」

「はいはい」

――名探偵も、なかなか制約が多いのである。

ともかく……。食後の運動も兼ねて、クロロックとエリカは、水上雄造《みなかみゆうぞう》のビルへと出かけていった。

「――あれ」

と、エリカが、ビルの前まで来て、上を見上げ、

「明かりがついてる」

「ほう。誰かいるのだな」

「あそこ……。確か、例のモニターのある部屋のところじゃないかしら」

と、エリカは階を数えて、言った。

「十階よ、あそこ」

「よし、上がってみよう」

クロロックとエリカは、ビルが閉まっているので、裏手に回った。通用口の所には、制服の警官が立っている。

「何です？」

と、警官は、エリカたちを見て、眉《まゆ》をひそめた。

「ちょっと入れてもらいたいのだが」

と、クロロックは言った。

「立ち入り禁止ですよ」

と、警官は首を振った。

「立ち入り禁止？　そんなことはないだろう」

と、クロロックが言って、

「君はデパートの入り口でお客様を迎えているんだよ」

クロロックの目を見て、警官の体がフラッと揺れた。

催眠術なのである。

「デパートの……。そうです。私はお客様をお迎えするのが役目で……」

「ほら、中はあんなににぎわっとるではないか。音楽が鳴り、人はひしめきあってい
る！　大入りで結構だね」

「ありがとうございます」

と、警官は深く頭を下げすぎて、帽子が落っこちてしまった。

「では入るよ」

「はい！　どうぞごゆっくり、お買い物をお楽しみください」

「君はとても感じがいい。上役に話しておこう」

「ありがとうございます！」

——エリカたちは、スンナリと中へ入った。

「現場は二階よ」

と、エリカは言った。

「そうか。しかし、まず十階へ行って、誰がいるのか確かめよう」

「そうね」

ふたりはエレベーターで十階へと上がっていった。——もちろん、廊下には人影もない。

「あの奥が、例の調整室よ。あそこに明かりがついてたんだわ」

「では、少し用心して覗《のぞ》いてみるか」

調整室のドアを、クロロックが、そっと開けると、

「——誰だ？」

ハッとしたように振り返ったのは、水上雄造だった。

「水上さん……。エリカです。神代《かみしろ》エリカ」

「——君か」

と、水上は息をついて、

「驚いた……。どうしたんだね、いったい？」

水上のほうこそ、とエリカは言うのも忘れていた。

確かに、それは水上雄造だったが、まるで別人のようだった。

やつれた顔、老《ふ》け込んだ印象は、まるでたった一日で十年も歳《とし》を取ってしまったかのようだった……。

同じ背広なのに、ネクタイがなく、かえって哀《あわ》れな印象だったのである。

「今日子さんの具合《ぐあい》でも……」

と、エリカは訊いた。

「今日子？　今日子がどうかしたのか？」

水上が弾《はじ》かれたように立ち上がる。

「落ちつきなさい」

と、クロロックが進み出て言った。

「あの――父です、私の」

と、エリカは紹介して、

「昨日の現場を、もう一度見たくて」

水上は、ゆっくりと息を吐き出すと、椅子《いす》にぐったりと座り込み、

「いや……すまない。くたびれてしまってね……」

「何を怯《おび》えておるのかな」

と、クロロックは、気楽な感じに、空《あ》いた椅子を引っ張ってきて腰をおろした。

「さよう。まるで何十年も前に死んだはずの人間にばったり出会ったとでもいう顔をしておる」

そのクロロックの言葉を聞いて、水上の顔が、紙のように真っ白になった。

「あんたは……何者だ？」

声が震えている。

「怯える？——私が？」

「まあ、心配することはない。私は、あんたの話を聞きたいと思っているだけだ」

「話？——何も話すことなど、ない」

と、水上は首を振った。

「ない？　本当かな」

「本当だとも！」

と、水上はむきになって言った。

「分かった」

クロロックは肯いた。

「ともかく、よく考えておくことだな。——エリカ、では、二階へ行ってみよう」

ふたりは、調整室を出た。エレベーターのほうへ歩いていくと、

「待ってくれ」

と、声がして、水上が追いかけてきた。

「私も一緒に行く」

「それがいい」

と、クロロックは水上の肩をポンと叩《たた》いた。

エリカは、さっぱりわけが分からなかった……。


「いらっしゃいませ」

そのころ、通用口に立った警官は、やってきた人間に向かって、頭を下げていた。

「ごゆっくりお買い物をお楽しみくださいませ」

入りかけたその人物は、警官のほうをチラッと見ると、少しためらって、それから中へと入っていった……。

リラの花

「——なるほど」

明かりのついた小スタジオに入って、クロロックは、中を見回した。

「凄《すご》い血の匂《にお》いだな」

「もうきれいにしてありますがね」

と、水上《みなかみ》が言った。

「エリカ、お前が聞いた、その誰かが動く物音というのは、どの辺から聞こえた？」

「そうね」

エリカが進み出て、

「確かこの辺で、今日子《きょうこ》さんを見つけたのよ。だからたぶん……」

エリカは、少し奥のほうへ進んで、

「この辺だと思う」

「そうか。——ふむ」

クロロックは、エリカを少し遠ざけると、しばらくその場所に、腕組みをして、立っていた。目を閉じ、じっと集中しているようだ。

「──何してるんだね」

と、水上が訊《き》くと、エリカが、

「しっ！」

と、たしなめた。

「今、父が匂いをかぎ分けようとしています」

「匂い？」

「犯人の匂いです」

水上が呆気《あっけ》に取られている。──クロロックは、フウッと息をついて、

「いや、参った」

「どうしたの？」

「四、五日前に、えらく化粧の濃《こ》い女がここを使ったか？」

水上は、ちょっと考えて、

「ええ……。評論家の女性を呼んで、話を聞いたんですが、その女性が凄い厚化粧で、気持ち悪いくらい、香水の匂いをさせていた、と担当の人間が言っていました」

「それだ！　いや、趣味の悪い香水の匂いに、悩まされたぞ」

「で、どうなの？」

と、エリカがせかすと、

「うむ。血の匂い、香水や化粧品の匂いに混じって、確かに、異様な匂いがする」

「異様な？　ギョーザとか？」

「違う！　——腐臭《ふしゆう》。つまり、死者の匂いだな」

「死者の？」

「それはどういう意味ですか」

と、水上がクロロックのほうへ進み出て、

「畑中《はたなか》の死体は、確かに、ここにあったんですから……」

「いや、そういう匂いではない。これは、もう死後何十年もたったものの匂いだ」

「何十年も？」

「それが、何かの拍子《ひようし》で、よみがえってきたのだ」

水上は、引きつったように笑った。

「そんな馬鹿な話を、誰が信じますか」

「あんたは、少なくとも信じとる」

と、クロロックは言った。

水上は、真顔《まがお》でクロロックを見つめていたが、やがて、ホッと息をついて、言った。

「不思議な人だ、あなたは」

「そうとも」

と、クロロックは肯《うなず》いて、

「今度から給料に、〈不思議手当〉というのをつけようか。エリカ、どう思う？」

「そんな話、してる時じゃないでしょ」

と、エリカは冷ややかに言った……。

「あんたは、さっき、あの調整室で何をしとったんだ？」

と、クロロックは訊いた。

水上は、だいぶ落ちつきを取り戻した様子だった。静かに、クロロックとエリカを見ると、

「来てください。お見せしたいものがあります」

と、言った。

三人は十階へ戻った。調整室へ入ると、

「あの時、このモニターに、畑中が殺される姿は映っていませんでしたが、その後に、カメラに映ったものがあったのです」

「後に？——つまり、私が飛び出した後、っていうことですか」

「もちろん、私も、二階へ駆けつけたがね。その一部始終が、ビデオに入っていたの

だ」

と、水上は言った。

「これを見てください」

水上がスイッチを操作《そうさ》すると、モニターに、畑中の姿が出た。テープを早送りしていくと、畑中が、誰かを見つけて、画面から切れる。――水上は、そこでテープを普通の再生に戻した。

ギャーッ、という断末魔《だんまつま》の悲鳴。それはエリカさえゾッとするような、もの凄さだった。

「この後です」

と、水上は言った。

画面に――誰かが現れた。

女だ。エリカはじっと見つめたが、カメラに背を向けているのでよく分からない。

しかし――何だか、どこかで見たことのある女のような気がした。

「若い女だな」

と、クロロックは言った。

「エリカ、お前と同じくらいの年齢じゃないか」

「そうね……。何してるんだろ？」

その女は、テーブルに置いてあった、お金の入ったブリーフケースを見つめていたが、いきなり、中の札束をつかみ出すと、凄い勢いで引きちぎり始めた。

「あの厚さの札をちぎるのだから、相当な力だな」

と、クロロックが感心している。

女は、札束を引きちぎりながら、我を失っていくようだった。必死になり、夢中になっている。そして——女の声が聞こえた。

「男なんて……許せない！　決して——決して許すもんか！」

あの声……。

エリカは、眉《まゆ》を寄せた。どこかで聞いたことがある。いや、それ以上だ。よく知っている、誰かの声……。

と、女が叫ぶように言った。

「四月二十一日のことを、思い出させてやる！　リラの花のことを！」

四月二十一日？　リラの花？　何のことだろう。

そして女がカメラのほうへ体を向けそうになった。

「——気をつけろ！」

と、クロロックが叫んだ。

「誰かいるぞ！」

同時に、調整室の明かりが消える。中は真っ暗になった。

「床《ゆか》に伏せて！」

エリカは、水上の体にぶつかって、一緒に床へ転がった。

ドアが開くのが、風の勢いで分かった。何かが飛び込んでくる。

「危ない！」

と、エリカは叫んで、水上を押しやった。

何かがエリカの上を飛び越していった。

異様な匂い――死者の匂いが、エリカの鼻にもはっきりと感じられた。

バリバリ……。金属の裂ける音がした。火花が飛び、凄い音がした。ブラウン管が砕《くだ》けたのだ。白い煙が上がる。

ほんの数秒の間のことだった。それは、調整室のドアから、再び風のように走り去っていった。

「――エリカ、大丈夫か？」

と、クロロックが言った。

「何とかね。――お父さんは？」

「うむ……」

明かりがついた。エリカは息をついて立ち上がった。

「お父さん……。どこかけがしたの？」

「いや、大丈夫。しかし、見てくれ」

と、クロロックは、マントを広げてみせた。マントが、ほとんど半分近くも、ちぎられてしまっていた。

「えらい馬鹿力だ。まったく、この物価高の時に！」

「そんなこと、どうでもいいわよ。水上さん、どうしました？」

「いや……。びっくりしただけです」

水上は、立ち上がって、

「やあ、こりゃひどい」

調整卓の機械が、めちゃくちゃに壊されていた。ビデオテープも、引きちぎられて、あちこちにからまっていた。

「いかんな」

と、クロロックは言った。

「あの通用口の警官が、やられているかもしれん」

――三人が、一階へ下りて、通用口へ行ってみると、

「毎度ありがとうございました」

と、警官が、頭を下げて言った。

「またのお越しを、お待ち申し上げております」

「よかった！　何ともなかったのね」

「そうだな」

——水上が、呆気に取られて、しきりにおじぎをくり返す警官を眺めていた。


「四月二十一日。リラの花……」

と、水上は、独《ひと》り言《ごと》のように言った。

「彼女が帰ってきたのです。——そうとしか思えない」

「何のことなんです、それ？」

と、エリカが訊いた。

「——まあ、どうぞ」

水上は、エリカとクロロックに飲み物を出してくれた。

ここは、水上のビルから近い、マンションの一室。——水上は、ここを個人的なオフィスのように使っているらしかった。

「私は若いころ、ヨーロッパに行っていました」

水上はグラスを手に、ソファに腰をおろして、話し始めた。

「まだ学生の身で、もう無銭旅行のようなものです。ずいぶん無茶をやったものだ、と我《われ》ながら驚きますよ」

「そして、女と出会ったのだな」

「そうです。彼女は日本人の母親とドイツ人の父親の間に生まれた娘で、その時十八歳でした。——私たちはすぐに恋に落ちたのです。いや、正確に言うと、彼女のほうが、です」

「じゃ、あなたは……」

「もちろん、彼女は可愛《かわい》かったし、いい娘《こ》でしたから、悪い気はしませんでした。しかし、正直なところ、彼女が大変な資産家のひとり娘だということも、頭にあったのです」

「それで？」

「何しろ、彼女の家は古くから続いた名門で、広い敷地の中には、古城まであったくらいです」

古城？　——エリカはドキッとした。

「父親は当然のことながら、私のような、どこの馬の骨とも知れない男に娘をやるわけにはいきません。しかし、彼女は、若い無鉄砲さで、許してくれないのなら、駆け落ちしよう、と言いだしたのです」

「あんたも、それに同意したのだな」

「まあ、押し切られて、というところでした。——私たちは四月の二十一日の夜明け前に、リラの花の飾りのある門の前で、待ち合わせたのです」

「じゃ、さっき言っていた……」

「そのことは、彼女しか知らなかった。――他の誰も、知るはずがないのです」

「で、駆け落ちは、どうなったんです？」

「私が、泊まっていた村の宿屋から出ようとすると、目の前に、父親が立っていました。――父親は、私を車に乗せ、村の外れまで連れていくと、私に、金をくれたのです。当時の私には目の玉の飛び出るような大金でした。これを持って、ひとりで行ってしまえ、というわけです。私は、結局、言われるとおりにしてしまいました……」

男なんて……。そう言ったのは、誰だったろう？

絹子！　斉田絹子《さいだきぬこ》だ！

「――その後、不幸なことになってしまったのです」

と、水上の顔は苦しげに歪《ゆが》んだ。

「約束の場所に行った彼女は、そこに父親が立っているのを見て、恋人に裏切られたことを知りました。そして、父親は罰《ばつ》として、彼女を、古城の中の納骨堂《のうこつどう》へ閉じ込めてしまったのです。一族の死体たちと一緒に……」

水上は首を振って、

「もちろん、父親は一日だけで、彼女を出してやるつもりでした。ところが――」

水上は言葉を切った。

「——どうしたんです？」

「その家に働いていた男がいました。私と同じくらいの年齢で、私もよく一緒に飲んだりしたものです。ところが、ちょうど彼女が納骨堂へ閉じ込められた、その夜、その男は彼女の父親を殺してしまったのです」

「殺した？　どうしてまた？」

「やはり、父親が娘のことで苛立《いらだ》っていて、いつも以上にきつくその男を叱《しか》ったらしいんです。カッとなって、そいつは、自分の主人を、火かき棒で殴《なぐ》り殺してしまったのです……」

水上は、ゆっくりと首を振って、

「その男は、ありったけの金を盗んで、その夜のうちに逃げ出しました。——そして、彼女が納骨堂にいることを知っていたのは、父親だけだったのです……」

「じゃ、彼女はどうなったんです？」

「——村人たちは、屋敷の主人が殺されていて、私も、もうひとりの男も、そして娘の姿も見えないことを知ったのです」

クロロックが、肯《うなず》いて、

「当然、ふたりの男が、娘を連れて逃げた、と思われるな」

「そうなんです。まさか、彼女が納骨堂に閉じ込められているなどとは、誰も考えつかなかったのです」

「誰か見にも行かなかったんですか？」

「屋敷には、もう住む人もなくなって、荒れ果てるばかり。人も近づかなかったんですよ」

何てこと……。死人たちと一緒に、生きながら、埋められてしまったのだ。

「不思議に思われるでしょうね。なぜこんな後日談《ごじつだん》を私が知っているのか、と」

と、水上は言った。

「その十年後、彼女の父親を殺した男は、その時盗んだ金をもとにして、商売をし、成功して、まったく別人となって、その村へやってきたのです」

「じゃ、真面目《まじめ》になって？」

「そうです。——彼は、まだ荒れ果てていた屋敷を壊して、教会を建てようと思い立ったのです。罪滅《つみほろ》ぼし、というわけでしょうね。その時、彼は自分が殺した主人ののこした日記帳を読んだのです」

「そこに、彼女のことが……」

「彼は、もしや、と思い当たって、真っ青になりました。そして、古城の納骨堂へ入ってみようとしたのですが……。どうしても扉は開かなかったそうです。——村人の話を聞いて、彼は娘が間違いなく、あの納骨堂に閉じ込められたままだったことを知りました。彼は、私が大学生だったということだけを手がかりに、五、六年かかって、私のことを突きとめました。そして、一部始終を、手紙に書いてよこしたのです」

クロロックは、深くため息をついた。

「悲しい物語だの」

「私も、そのことを知って、呆然《ぼうぜん》としてしまいました。てっきり、彼女は幸せな結婚をしていると思い込んでいたからです。――しかし、そのころ、私はもう妻もあり、今日子もいて、会社の中で、重要なポストにいました。いつか、確かめに行くべきだと思いながら……。日々が過ぎてしまったのです」

「じゃあ、彼女はまだその納骨堂に?」

「そのはずです」

「いや、そうではない」

と、クロロックは言った。

「お父さん――」

「お前も思い当たるだろう。例の友だちのことだ」

「ええ」

と、エリカは肯いた。

「斉田絹子といったな。その子が、納骨堂へどうにかして入った。そして、彼女は、斉田絹子に、とりついたのだ。裏切られた女の憎しみが、な」

「何ですって？」

「畑中という男は、斉田絹子を知っていたのだろう」

「そりゃもちろん、同じ大学だし」

「だから、TV画面に見るように、畑中は知った顔を見て、びっくりしたのだ。斉田絹子は、何十年も前に、自分を裏切った男に会いに来た。そして、その途中で、あのスタジオでの話を耳にしたのに違いない」

「じゃ、やっぱり金で女を捨てようとする畑中君を見て――」

「許しておけなかったのだ。その気持ちは分かるがな」

「私が悪いのです。――何もかも！」

水上は、ため息とともに言った。

その時、電話が鳴りだし、水上は飛び上がりそうになった。

「こんな時間に」

と、急いで電話に出ると、

「もしもし。水上です。――何ですって？」

水上がサッと青ざめた。

「どうしたんです？」

「今日子が——病院から、いなくなった、と……」

水上は、力なく、床に膝《ひざ》をついてしまったのだった。

「——や、待て！」

クロロックが、飛び上がった。

ビーッ、ビーッ、と何やら大きな音がし始めたのだ。クロロックは、あわててポケットを探《さぐ》り、

「ここではないな。——こっちか？——どこだ？」

「お父さん、何なの、それ？」

「ポケットベルだ」

「ポケットベル？　お父さんみたいな、小企業の社長さん、そんなもの、必要あるの？」

「会社のではない。涼子からの呼び出しだ。——ああ、あった！」

と、やっとポケットベルを見つけて、音を止める。

「お母さんが、どうしてそんなもの持たせてるの？」

「夫がどこにいるか、妻としては知る権利がある、と言うのだ。——すまんが、電話を借りる」

要するに、お母さんに監視されてるだけじゃないの、とエリカは思った……。

嘆きの歌

「あ、あそこにいた！」

と、エリカは言った。

車が停《と》まる。エリカとクロロック、それに、水上《みなかみ》の三人は車を飛び出して走った。

風が強い。——ここは夜中のオフィス街である。

人気《ひとけ》がなく、真っ黒な、明かりの消えたビルが立ち並んでいる。

「ここだよ！」

と、駆けてきたのは、北代純一《きたしろじゅんいち》だった。

「絹子《きぬこ》さんは？」

「うん。このビルの上にのぼっていった。水上君をかかえてね」

——北代は、エリカに言われて、絹子を見張っていた。そして、後を尾《つ》けていたのである。

絹子は、病院から今日子《きょうこ》を盗み出したのだ。北代がそれをクロロック家へ知らせ、その連絡で、クロロックのポケットベルが鳴ったのだった。

「今日子は無事か？」

と、水上が青ざめた顔で訊《き》いた。

「僕も、近くで見てないから分かりませんけど……。気を失ってるようでした。でも、絹子、水上君のことを傷つけたりはしていませんよ」

「よくやってくれた」

クロロックは、北代の肩を叩《たた》いた。

「絹子はどうしちゃったんですか？　僕にはさっぱり――」

「心配することはない。彼女には、何十年も前に死んだ、別の娘の魂《たましい》がとりついているのだ。君の本当の彼女は――」

「死んじゃったんですか」

クロロックは首を振って、

「何とも言えんな。殺してからのり移る霊もあるし、生きたままのこともある。――ともかく、話してみよう」

「お願いします」

クロロックはエリカのほうを見て、

「行くぞ」

と、言った。

「油断するな。相当の力の持ち主だぞ」

「うん」

と、エリカは肯《うなず》いた。

「私も行きます」

と、水上が進み出る。

「気持ちは分かるが、あんたはここにいて待っていなさい」

「どうしてですか！」

「あんたが行けば、とんでもないことが起こる可能性もある。——あんたは殺されるぞ」

クロロックは、そう言って歩きだした。エリカもついていったが……。

ビルは三十階近い高さがあった。

「——ビルの屋上へ出たようだな」

と、クロロックはビルの中へ入ると、言った。

「エリカ、お前、ビルの外側をよじのぼれるか？」

「できないことはないけど……。でも、どうして？」

「用心のためだ。もし、あの今日子という娘が投げ落とされたりした時は……」

「いいわ。お父さんはエレベーター？　ずるい！」

「そりゃ、年齢《とし》というものだ」

と言って、クロロックは笑った。

「では、頑張れよ」

「お父さんもね」

エリカは、水上や北代に見られないように、ビルの裏口から出ると、窓のサッシに取りついて、ビルをのぼり始めた。

父は得意だが、エリカは何といってもハーフ。五、六階分ものぼると、息が切れる。

しかし、のんびりしちゃいられないんだ。

エリカは、強い風に顔をしかめながら、ビルをのぼり続けた……。

クロロックは、エレベーターを最上階で降りると、階段で屋上へ上がった。

凄《すご》い風で、マントがはためく。

「ちぎれてしまいそうだな」

と、クロロックは呟《つぶや》いた。

「どこにいる……」

強風の中に、かすかな「死の匂《にお》い」をかぎ取る。

暗い屋上の、一点へ向かって、クロロックは歩《ほ》を進めた。

「そこで止まって！」

と、女の鋭い声が聞こえた。

「やはりそこか。――出てこい。そして、その娘を放してやれ」

絹子が、水上今日子を両手でかかえて現れた。今日子はぐったりとして、気を失っているようだ。

「私は、この娘の父親に会いたいの」

と、絹子は言った。

「分かっておる。話は聞いた」

「何を？」

「お前が納骨堂《のうこつどう》へ、生きながら閉じ込められることになったいきさつを、だ。お前の不幸には同情する。しかし、人間の命を奪ってはいかん」

「あの男は、女を金で売ったわ。この娘の父親と同じよ」

と、絹子は言った。

「だからといって、殺していいとは言えん。お前を捨てた男も、今となっては悔やんでいるのだ」

「分かるもんですか！」

と、絹子は怒鳴るように言った。

「この娘を取り戻したら、もうケロッと忘れてしまうに決まっているわ」

「どうかな、それは。――まあ聞け。私も、お前と多少近い筋にいる、吸血鬼なのだ」

絹子は、クロロックをまじまじと見つめていたが、

「――どうも、妙な格好だと思ったわ」

「このマントには、いろいろ事情があってな」

と、クロロックは咳払《せきばら》いした。

「しかし――復讐《ふくしゅう》とは空《むな》しいものだぞ」

「空しい？」

絹子は笑って、

「白骨や、腐りかけた死体の間に、何年も放っておかれる恐怖に比べたら、空しさが何よ！」

「その娘をどうするつもりだ？」

と、クロロックは訊いた。

「殺してやってもいいわ。きっと、父親は苦しむでしょうね。自分が殺されるよりも」

「確かにな」

クロロックは肯いて、

「だが、それは間違っているぞ。その娘に罪はない。私も、妻を殺された。無知な村人

のためにな。同じような過《あやま》ちをくり返してはいかん。お前はもう死んだ人間なのだ」

「死に切れるもんですか！　このままでは、とても。――怪物になろうと、吸血鬼になろうと、生きのびて、仕返ししてやる！」

絹子は、燃えるような目で、クロロックを見つめた。

その時、

「待ってくれ！」

と、声がした。

水上が屋上へ出てきたのだ。そして、絹子の腕に抱かれた今日子を見ると、

「今日子！」

と叫んで駆け寄ろうとした。

「待ちなさい」

クロロックが制した。

「あわててはかえって危ない」

水上は足を止め、絹子を見ながら、

「――君か」

と言った。

「私だ。遠い昔に、君を裏切って捨てた男だ」

「憶えているわ」

と、絹子が言った。

「何も知らなかったんだ。分かった時はもう——手遅れだった」

「あなたが約束さえ守ってくれたら……」

「分かっているよ。——しかし、その子は許してやってくれ。私を殺すのなら、殺してくれ！　しかし、今日子は助けてやってほしいんだ」

水上は、その場に膝《ひざ》をついた。

「お願いだ。——私は何でも君の言うとおりにする」

絹子は、しばらく何も言わなかった。

それから、抱いている今日子をチラッと見下ろして、

「——昔のあなたの面影《おもかげ》があるわ」

と、言った。

「私は、納骨堂の中で、必死に生きのびようとしたわ。ミイラになり、腐り果てた遺体まで食べて、生きようとした……。あの恐ろしさ、惨《みじ》めさが、あなたには分かる？」

水上はうなだれた。

クロロックは、マントがはためくのを手で押さえながら、立っていた。

風が鳴り、屋上を吹き抜けていく。

「――いいわ」

と、絹子は言った。

「この子は返してあげる」

「ありがとう！」

と、水上は叫ぶように言った。

「その代わり……」

「何でも言うことを聞く。本当だ」

「では、私と死んで」

と、絹子は言った。

水上は、青ざめた顔で、

「分かった」

と、肯いた。

「本当に？」

「もちろんだ。あの時果たせなかった約束を、今、果たすよ」

「そう……。じゃ、娘さんを返すわ」

絹子が、今日子を下へおろすと、ビルの屋上の端《はし》、ぎりぎりの所まで行って、立った。

水上は、今日子を抱き上げると、いったん階段の近くへ運んで、戻ってきた。

「──どうすればいいんだ？」

「ここから飛ぶのよ」

と、絹子は、遥《はる》か下の地面を指して、

「ほんの一、二秒で、何もかも終わるわ」

「分かった」

と、水上は、大きく息を吸い込むと、絹子のほうへと歩み寄った。

「待ってくれんか」

と、クロロックが言った。

「その、お前がのり移っている体はどうなる？　その子はもう死んでいるのか」

「──ここから落ちれば、私も、この子も、助からないわ」

「それは哀れだと思わんか」

「仕方ないわ。この子には、気の毒だと思うけど……」

絹子がクロロックと話している間に、水上は、絹子の背後に、さり気なく回っていた。

そして、絹子の体を、斜め後ろから、思い切り突いたのだ。

絹子にとっても、不意打ちだった。こらえ切れずに、絹子は短い叫び声を上げて、ビルの端から消えた。

「やった！　やったぞ！」

　と、水上が飛び上がる。

「見ろ！　化け物め！　やっつけてやった！」

「何をする！」

　クロロックが、真っ赤になって、

「体を借りた娘まで死んでしまう！」

「もう手遅れさ」

　と、水上は笑った。

「とんでもない話だ！　何十年も前の恋に殉《じゅん》じて死ねるか。私が悪かったんじゃない。ただ運が悪かったんだ。そうだろう？」

「それはどうかな」

「そうさ！　――私には今日子がいる。そう簡単に死ぬわけにはいかないんだ」

　クロロックはじっと水上を見つめて、

「あんたは、彼女を二度も殺したのだ」

　と言った。

「何度でもやってやる！　私は生きてるんだ！　自分を守るためなら、何回でも殺してやる。あの怪物――吸血鬼だか、狼女《おおかみおんな》だか知らないが、心中《しんじゅう》なんて、とんでもない話だ」

　水上は、今日子のほうへと歩いていった。

「待ちなさい」

と、クロロックが言った。

「何だ？」

「君にまだ用があるようだ」

振り向いて見ると――。ビルの向こうの空間に、スッと浮かび上がったのは、絹子の姿だった。

水上は青ざめた。

「――お願いだ！　何とかしてくれ！」

と、クロロックへ駆け寄ると、その後ろに隠れるようにした。

「残念だがな」

クロロックは、水上のえり首をつかむと、ヒョイと持ち上げてしまった。

「――あんたから見れば、あの娘は怪物かもしれん。しかし、本当の怪物は、あんたのほうだぞ」

「お願いだ……」

「女を裏切り、騙《だま》した男は、女の血を吸う吸血鬼だ。――分かるかな？」

突然、強烈な風が吹いてきた。クロロックが手を離すと、水上の体は、何メートルも吹き飛ばされた。

「——助けてくれ！　誰か——」

水上の体は、転がり、風にあおられて、引っくり返り、ビルの端まで行ってしまった。

「お願いだ——」

水上の声は、風にちぎれて消えた。そして——水上の姿は、ビルの向こうへと消えてしまって、二度と、上がってはこなかった。

「大丈夫か」

と、クロロックが声をかけると、

「何とかね」

エリカが、息をついて、這《は》い上がってくる。

絹子の体は、コンクリートの上に、横たえられていた。

「ご苦労だった」

「びっくりした！　——もうちょっと、ってところで、絹子が落っこちてくるのが見えて。辛《かろ》うじて、手をつかんだのよ。ここまで上げるの、大変だった！」

「気を失っているのか」

「らしいけど……」

エリカは、倒れている今日子のほうを見て、

「水上さんは……死んだのね」

クロロックは肯いた。

「仕方ない。自分で選んだのだ。おそらく、この娘は、彼を殺すつもりではなかっただろうにな」

風はおさまっていた。――絹子が身動きして、目を開ける。

「――大丈夫？」

と、エリカが声をかけると、絹子は目をパチクリさせて、

「ここ……どこなの？」

と、訊いた。

「ビルの屋上よ」

「何でこんな所にいるの、私？」

エリカとクロロックは、顔を見合わせて、

「何も憶えてないの？」

「何だか……。凄く怖い思いをしたみたい。――いやだ！　私、高い所だめなの！　お願い、つかまらせて」

と、絹子がエリカにすがりつく。

「下で、北代君が待ってるわよ。そっちに抱きついて」

と、エリカは言った……。

——エレベーターで一階へ下りながら、

「どこへ行ったのかしら、彼女？」

と、エリカは言った。

今日子を抱いたクロロックは、

「あの風が、おそらく、彼女だったのだろうな」

「風が？」

「そうだ。この娘に宿っていたのは、長い間ためてきた憎しみのエネルギーのようなものだったのだ。だから、風に形を変えて、復讐を果たしたのだろう」

「風、か……」

エリカは、時折のそよ風にも、誰かの嘆《なげ》きがこめられているのかもしれないな、と思った……。


「やあ、どう？」

と、エリカたちが病室を覗《のぞ》くと、

「あら……」

ベッドで、今日子は力なく、肯いてみせた。

「まだ生きてるの。——いやね、本当に」

「何を言ってんの」

みどり、千代子《ちよこ》が、果物《くだもの》やお菓子を手に入ってくる。

「元気になって、早く大学へ来てよ」

と、エリカは励ました。

「だって……。畑中《はたなか》君と、父と、一度に失ったのよ」

「気持ちは分かるけど」

と、みどりは言って、お菓子の紙の包みを見せ、

「でも、この旨《うま》さには変わりないよ」

「今日子」

エリカは、ベッドのそばに行って、

「落ちこむのは当然だと思うわ。でもね、あなたのお父さんは、あなたを助けるために亡くなったんだから。あなたは頑張って生きなきゃだめよ」

「うん……」

と、今日子は目を伏せた。

今日子には父親の本当の姿を話してやるわけにはいかない、とエリカは父と決めたのだった。

そこへドアが開いて、

「おお！　みんな来てるな」

と、クロロックが現れた。

「お父さん！」

とエリカは目を丸くした。

「どうしたの？」

「見舞いに来てはいかんか？」

と、クロロックは心外《しんがい》、という様子。

「そうじゃないけど……。でも、会社のほうは？」

「私は社長だ」

「分かってるわよ」

「上役というものは、元気で留守がいいのだぞ」

「何か、どこかで聞いたみたい」

と、エリカは笑って、

「ともかく、今日子を励ましてやって」

「どうも、いろいろありがとうございました」

と、今日子は、クロロックに言った。

「いや、なに……。お父さんのことは気の毒だったが、君には未来があるのだ！」

「はい」

今日子はしっかり肯いた。

「クロロックさん……」

「何だ？」

「ひとつ、お願いがあるんですけど」

今日子は、何だか、やけに恥ずかしそうに言った。

「言ってみなさい」

「あの――クロロックさんのこと、お父さんの代わりだと思ってもいいですか。何かあったら、相談に行ったり……」

「いいとも」

クロロックは、ぐっとそっくり返った。

「金のこと以外なら、何でも相談にのる」

「嬉《うれ》しい。――じゃ、私もきっとすぐ、起きられるようになります」

「そうとも。私には、若い娘を元気づける、不思議な魅力というものがあるのだ」

エリカは、ちょいとクロロックをつついてやった。

「言い過ぎないでよ」

と、囁《ささや》く。

しかし、クロロックはやや自己陶酔《じことうすい》気味で、

「中年の落ちつき。人生の経験豊かな、その知性。これぞ、『男』というものなのだ」

と、演説をぶったりしている。

大丈夫かね、調子にのって。エリカはいささか心配だった。何しろ涼子《りょうこ》は、そういう点、いたって敏感《びんかん》なのだ。

「何なら、話してごらん。どんな悩みでもたちどころに、解決してみせる。しかもタダ！」

と、クロロックがいい気分でやっていると、ピーッ、とポケットベルが鳴りだした。

「ワッ！」

クロロックは飛び上がると、

「家へ電話せにゃ。じゃ、これで失礼する」

と、あわてて、病室から出ていってしまった。

エリカは、夫が女の子と一緒だってことが、涼子にどうして分かったのか、首をかしげた。

吸血鬼も、そういう能力だけは持ってないものね……。

解説――父の愛は泉のごとく

大矢《おおや》博子《ひろこ》

うっわあ、懐かしい！　赤川さんの吸血鬼シリーズだあ！

コバルト文庫で出てたこのシリーズ、当時読んだなあ。表紙のイラストはコバルト読者にはおなじみの長尾治《ながおおさむ》さんで、背表紙は茶色で。授業ちゅ……げふんげふん、えっと、休み時間とか部室でとか。なぜか赤川さんの作品は家じゃなくて、学校で読んでた記憶がある。ああ、なんだが教室の風景まで一緒に思い出してしまった。鞄《かばん》の中には教科書とお弁当と、好きなアイドルの切り抜きが入った下敷きと、そしてコバルト文庫一冊。そんな十代を過ごしたお仲間は、きっと多いはず。

コバルトとの出会いは、小学校六年生のときでした。

――と書くと何てことはないんだけども、数えたらビックリ。一九七六年だから、なんと三十六年前！　もちろん昭和です。まだライトノベルなんて呼び方じゃなくて、少女小説とかジュニア小説とかって呼んでました。初めて買ったコバルト文庫、今でも覚えてます。佐藤愛子《さとうあいこ》さんの『困ったナァ』でした。

そう、その当時はそんな大御所《おおごしょ》が少女小説を書いてたんです。他にも富島健夫《とみしまたけお》、吉田《よしだ》とし、平岩弓枝《ひらいわゆみえ》といった名前を私はコバルトで知りました。豊田有恒《とよたありつね》さん編のSFアンソロジーとか、体験手記とか、詩集とか、アニメやドラマのノヴェライズもあったっけ。今思うと、すごくバラエティに富んだレーベルだったんですねコバルトって。

そして八十年あたりから、氷室冴子《ひむろさえこ》、新井素子《あらいもとこ》、久美沙織《くみさおり》という顔ぶれが綺羅星《きらぼし》のごとく出てきて、高校生になっていた私はどっぷりハマってしまったわけです。『クララ白書』『星に行く船』『丘の上のミッキー』……三十～四十代の女性なら、「読んだ読んだ！」と首がもげるほど頷《うなず》いてくれるんじゃないかしら。

そんなラインナップの中にあったのが、この『吸血鬼はお年ごろ』シリーズでした。

あれから三十年。フォン・クロロックとエリカ父娘が装いも新たに（このカバーイラストのおしゃれなこと！）集英社文庫に入ったのを見たときの驚きといったら。

今、この本を手にとったあなたは、これを初めて読む若い読者ですか？　それとも、思い出が一気に甦《よみがえ》ってきて感極まっている元・少女ですか？

本書『吸血鬼は泉のごとく』は、シリーズ八作目。コバルト文庫に登場したのは一九八九年でした（おっ、平成だ）。

主人公の神代《かみしろ》エリカは、現在大学生。彼女は正統な吸血鬼の末裔《まつえい》であるフォン・クロロック伯爵《はくしゃく》と日本人の母の間に生まれたハーフ。血こそ吸わないものの、嗅覚《きゅうかく》や聴覚にすぐれていたり怪力や催眠術が使えたりと、ちょっと人間ばなれした能力を持っています。

そのエリカが高校以来の親友である千代子《ちよこ》＆みどり、そして父のクロロックらと一緒にいろいろな事件に巻き込まれ、鮮やかに解決する……というシリーズで、現在もコバルト文庫から年一冊のペースで刊行が続いています。二〇一二年現在での最新刊『ドラキュラ記念吸血鬼フェスティバル』はなんとシリーズ三十冊目。赤川さんには多くのシリーズがありますが、この『吸血鬼はお年ごろ』シリーズは三毛猫ホームズに次いで二番目に冊数が多い、長寿シリーズなのです。

さて、本書の内容について解説する前に、このシリーズのある特長について少し説明しなくてはなりません。

赤川さんのシリーズにはコンビ探偵が多く登場します。三毛猫ホームズ、三姉妹探偵団、子子家庭、南条姉妹、早川一家、幽霊シリーズ……それらの作品に共通しているのは「父親の不在」です。

特に初期の作品に顕著《けんちょ》なんですが、既に亡くなっていたり、いても出張中や留守中の話だったり、あまり表に出てこなかったりと、なぜか父親がはっきりと描かれないことが多かったんですね。

このことについて赤川さんはインタビューで、ご自身が父親と一緒に暮らした期間がごく短かったことに触れ「自分が父親と暮らしたことがないんで、父親って家庭で何をしているのかわからなかったんですね」「自分が父親になって、子供が大きくなってくると『ああ、父親ってこういうものなのか』と初めてわかって、作品の中に出てくるようになりましたが……」と語っています。(『解体全書ｎｅｏ』メディアファクトリー・'03)

それを知って読むと、クロロックとエリカという父娘コンビが活躍する『吸血鬼はお年ごろ』シリーズは、特別な作品だと思えてきませんか?

このシリーズは最初こそエリカがメインで、クロロックはその特殊能力を当てにされる存在でした。コミカルで少し抜けてて、可愛《かわい》いお父さんという役どころ。しかしすぐに、クロロックの比重が大きくなってきます。巻を重ねるにつれ、探偵役がクロロックにシフトし、ここぞというときにクロロックがイニシアチブをとる話が増えてくるのです。

本書『吸血鬼は泉のごとく』で扱われる事件に注目してみてください。表題作は、水の霊が人を飲み込むという怪異譚《たん》です。「ある吸血鬼の肖像」は失意のうちに死んだ娘の怨念が復讐を企《くわだ》てる話です。こうして文字にしてみるとおどろおどろしいのですが、いずれもユーモアたっぷりの筆致で書かれているのはご存知の通り。

このシリーズ、始まってしばらくは怪異に見えても実は人間の仕業《しわざ》だったというミステリが中心でした。雪男や超能力者が出てくる話もありましたが、どれも「こちら側の世界」の話です（だって吸血鬼がいるんですから雪男だってこちら側でしょう）。しかし前作『不思議の国の吸血鬼』所収の「吸血鬼と13日の日曜日」から、肉体を持ってこの世に存在するものではなく、霊や呪《のろ》いといった実態を伴わない念のような「あちら側の世界」が関与する事件が登場してきました。

いくらエリカが賢くて行動力があっても、女子大生の身でできることには限りがあります。今でこそ若い後妻の尻に敷かれてお小遣《こづか》いにも困ってるようなパパになったクロロックですが、人間には想像もできないほど長い歳月を生き、その過程には人間に迫害されたという過去を持つクロロックだからこそ、その経験と深い洞察、そして本筋の吸血鬼ならではの能力で「あちら側」の者たちを「理解」することができると言っていいでしょう。

本書でのクロロックは、未熟ながらも正義感で行動する娘を暖かく見守り、ここぞというところで娘を助けます。

たとえば表題作「吸血鬼は泉のごとく」で、乗っていた車が水に飲み込まれ、エリカが慌《あわ》てる場面。生きるか死ぬかの状態で、クロロックは寝ぼけて（本当に寝ぼけてたのかなあ）読者を笑わせ、その後は極めて冷静にいつも通りのペースを崩さず、エリカに対応策を指示します。同乗していた人間の女性をまず逃がし、自分はエリカを連れて更に水の底に潜《もぐ》り、水の霊の根幹《こんかん》を断とうとするのです。

ここからわかることが二つあります。ある程度の危険が予想される場所に娘を連れていくというのは、娘の力を信頼しているということ。そして何かあっても自分が娘を守ってやれる自信があるということです。

そしてエリカもまた、水の底に自分を連れていく父を「この子供不孝者！」と詰《なじ》りながら、そのあと戻ってこない父親のことを同行者に訊《き》かれて「きっと大丈夫よ」とさらりと答えるあたり、万全の信頼を寄せていることがわかります。

その上でクロロックは、「あちら側《ずる》の怪異」が決してあちら側だけの問題ではなく、それを招いたのは人間の弱さや狡さであることを説き、そんな人間には容赦《ようしゃ》がありません。人間としての弱さを抱えながらも懸命《けんめい》に真面目《まじめ》に生きている人を助け、弱さに負けて道を踏み外した人には厳しいクロロック。

子供を信頼し、守り、子供からも信頼され、ここぞというときには厳しい態度で臨み、けれどそれ以外には深い包容力とユーモアを発揮するクロロック。

なんともステキな、これぞ理想の父親だと思いませんか？

　長らく作品に「父親」を出さなかった赤川さんが、父と娘のシリーズを書いた。その父娘《おやこ》がこんなにステキな関係だということが、なんだかとても嬉しくなります。これは、お父様の記憶が薄い中で娘さんを授かった赤川さんが考える「理想の父親像」なのかもしれません。そしてきっと赤川さんも、クロロックみたいにユーモラスだけどいざというとき頼りになる、そんなお父さんなんだろうな、と思えるのです。

　高校時代から大学にかけてこのシリーズをリアルタイムで読んでいたとき——つまりエリカと同世代の読者だったときには、そんなふうには考えず、「あははは、面白い父娘だなあ」と無邪気に笑っていたように思います。けれど自分が親の年齢になって、あらためて本シリーズを読むと、父親としてのクロロックがどれほど大きくて深くて暖かいか、じんわりとわかってくるのですね。

　時代や世代を超えても変わらない普遍的なユーモアと物語。

　時代や世代が変わったからこそわかる別の魅力。

　今もコバルト文庫で刊を重ねているこのシリーズがあらためて集英社文庫入りし、やや上の年齢層——昔リアルタイムで読んでいて今は親の年齢になった層に届くようになった理由のひとつは、そこにあるのかもしれません。

　今の若い読者は、鞄の中に教科書とお弁当、好きなアイドルを待ち受けにしたケータイ、そしてコバルト文庫の赤川次郎。お母さんのバッグの中には、スマホと化粧品とPTAのお知らせと、新しくなった集英社文庫の赤川次郎。

親子二代にわたって読まれ続ける赤川作品だからこその風景です。想像すると、なんだかとても楽しい気分になってきました。いや、親子三代で読まれる日も、遠くはないかも……。

この作品は一九八九年八月、集英社コバルト文庫より刊行されました。

集英社文庫

吸血鬼《きゅうけつき》は泉《いずみ》のごとく

2013年1月25日　第1刷　　定価はカバーに表示してあります。

著　者　赤川次郎《あかがわじろう》
発行者　加藤　潤
発行所　株式会社　集英社
東京都千代田区一ツ橋2-5-10　〒101-8050
電話　03-3230-6095（編集）
03-3230-6393（販売）
03-3230-6080（読者係）
印　刷　凸版印刷株式会社
製　本　加藤製本株式会社

フォーマットデザイン　アリヤマデザインストア　　マークデザイン　居山浩二

ISBN978-4-08-745024-8 C0193